致青春 089

綠茶要有綠茶的本事

（中）

蘇錢錢　著

高寶書版集團

目錄
CONTENTS

第八章　悸動的初吻

蔣禹赫怎麼樣都沒想到，照片裡的人竟然是溫妤。

自己曾經處理過無數被偷拍鬧出危機的明星，可今天的主角竟然是溫妤，是他藏在心底最在意的女人。

多諷刺的一刻。

照片裡，溫妤和一個男人親密擁抱在一起。

身上穿的是昨天那件綠色外套，看天色，也是晚上六七點之後。

蔣禹赫終於知道溫妤昨天突然不要自己去接她的原因。

也明白那些不斷響起的，讓溫妤不自然的微信源自哪裡。

原來如此，原來如此。

蔣禹赫靜靜看著照片，儘管無數個瞬間想要把溫妤叫起來問個清楚，但最終還是忍住了。

他強迫自己關掉了郵件，關掉了照片。

他試著讓自己忘了這些。

他已經以一個哥哥的身分自處，又憑什麼要去干涉「妹妹」的感情世界。

他想，可能這就是老天對他自私藏起手機的報應？

他不想溫妤回到自己的世界，去找回過去的男朋友。

那又怎麼樣。

她依然會認識新的男人，依然會有新的男朋友。

蔣禹赫閉著眼，不斷揉著眉骨讓自己平靜，接受這個事實。

沉默了許久，蔣禹赫才為自己找到了一點轉移思緒的事情，他打電話叫來甯祕書：「讓網路技術部查一下寄信的帳號，我要知道是誰。」

亞盛作為國內最大的娛樂經紀公司，每天都會面臨各種各樣的公關事故，因此蔣禹赫早早地就私下養了一批技術駭客，對有些披皮故意挑釁抹黑的事件，總能精準擊到對方。

這次的郵件明顯是有針對性的。蔣禹赫不希望在自己看不到的地方有這樣一雙眼睛盯著溫妤。

他眼皮子底下，容不得這些把戲。

安排好這一切，蔣禹赫靜了靜，走去裡間臥室。

門虛掩著，溫妤側躺在床上，已經睡著。

任憑平日裡如何跟自己張牙舞爪，撒嬌耍嗔，但這時候的溫妤是恬靜溫柔的。

溫柔到，蔣禹赫看著這張臉，就已經不忍心去打擾她的生活，她的選擇。

於是，那隻無形的扼住自己脖頸的手又出現了。

而且，比上次更甚，更沉重。

報復似的，狠狠纏住他。

是縱容自己的貪婪繼續，還是停下來滿足現狀。

畢竟，就算她有了喜歡的人，她依然會叫自己哥哥，依然會留在自己身邊。

蔣禹赫沉默看著溫妤，再一次在內心面臨選擇。

溫妤其實睡得不深，半睡半醒間隱約感應到有人在，她睜開眼，繼而愣了下：「哥哥？」

男人眸光濃重，卻只是看了她兩眼，「沒事，你繼續睡。」

接著便走了出去。

溫妤：……？

出來的時候，蔣禹赫的心似乎揪得沒那麼厲害了。

或許是因為那一聲哥哥，也或許，是因為溫妤睡在他的臥室，卻毫不設防地連門都沒有關。

蔣禹赫知道，這是她對自己近乎沒有原則的信任。

他不想弄髒這一切。

這次的抉擇，他終究選擇了沉默。裝作什麼都沒有看到，裝作什麼都不知道。

而他，還是溫妤的哥哥。

之後平靜地過去了兩天，蔣禹赫沒有對郵件裡的照片問過溫妤半個字。

而溫妤，也沒有主動提起任何。

大家都各自藏著心底的祕密，維持著彼此表面的平靜。

而這幾天裡，沈銘嘉和溫妤相聊甚歡，稱呼已經從小魚變成了小魚寶寶。

溫妤深知用不了多久，這個男人就會進一步行動，比如提出約會、見面的請求。到時候更噁心的話都說得出來。

他以為自己攀上了大佬的妹妹，其實是把頭送到了前女友的刀下。

想到很快就能把沈銘嘉按死，溫妤就開心，可每次開心的時候想起溫清佑要帶自己走，那種興致又會瞬間跌落下去。

走了會不會功虧一簣呢？

而且不知道是不是每天扮演大佬妹妹的刺激生活過久了，突然要離開，她還有點捨不得。

這天早上兩人剛要出門上班，溫妤的手機忽然響了，她拿出來看到是溫清佑的號碼，忙按掉，對蔣禹赫乾笑道：「不認識的號碼。」

蔣禹赫心知肚明是什麼，本想配合她演視而不見，可大概是連續隱忍了好幾天的原因，心底那些情緒忽然就因為這一個明目張膽打過來的電話而失控。

如藤蔓纏裹著心臟，越收越緊。

他本就不是善於忍耐的人。

他的字典裡從沒有對誰忍讓包容到令自己困擾的地步。

從沒有。

「為什麼要掛掉。」他看著溫妤，「打回去。」

溫妤不知道蔣禹赫為什麼會突然在意這麼一通電話，有些緊張，「可，可我們要去上班了，我回頭再——」

「就現在。」蔣禹赫慢條斯理地走到一旁，輕靠在玄關看著她：「我不著急。」

「……」

溫妤知道自己如果不自然地回撥這通電話，會更加引起蔣禹赫的懷疑。

還好，他和自己站開了一段距離。

溫妤抿了抿唇，只好打開手機，當著蔣禹赫的面回撥過去。

「好好？」是溫清佑的聲音。

「嗯。」

「剛剛不方便接嗎。」

「嗯。」

「我跟你說的事你想好了沒有，已經過去三天了。」

「我知道。」

「所以呢？」

「……」

溫好抬眼看著不遠處的蔣禹赫。

他也在看著自己。

溫好頓時心虛地移開，匆匆掛了電話：「好的，我知道了，下班就去。」

溫清佑：？

「是推銷電話。」溫好說：「我之前逛商場辦了一個會員，她們通知我去領禮物。」

蔣禹赫也不知道自己為什麼要找虐，親眼看著溫好對自己撒謊。

客廳裡安靜了好一會兒，他輕笑了聲，「那走吧。」

誰知十二姨不知從哪冒了出來，「什麼禮物，你沒空我幫你去領吧，我今天剛好沒什麼事。」

溫好沒想到十二姨突然來了這麼一齣，她卡住了，「就是，呃……」

蔣禹赫淡淡開口：「你很閒嗎，那去把奶奶和姐姐的房間打掃乾淨，她們下個月回國。」

十二姨：「……」

溫妤鬆了口氣，暗暗慶幸還好蔣禹赫幫自己解了圍。

她眼裡所有的小細節都被蔣禹赫盡收眼底，心虛，閃躲，慶幸，放鬆……坐在車上，蔣禹赫想到這些，不禁自嘲輕笑。

他也會有這樣自欺欺人的一天。

因為溫清佑這通電話，溫妤又是提心吊膽了一天，手機按成靜音，就怕蔣禹赫發現什麼。

可就算把手機按成了靜音，把整個世界都消音，不代表困擾自己的問題就能消失。

溫妤不希望溫易安知道自己正在做的一切。

但在蔣家住了這麼久，無論對誰都是會有些感情的，怎麼可能說走就走。

更別說，沈銘嘉還活蹦亂跳地在娛樂圈走跳著。

這個選擇題，其實溫妤心裡早就有了答案。

她嘆了口氣，決定和溫清佑說清楚自己的想法，於是趁上洗手間的時候悄悄傳訊息給他：【哥，今天七點左右去找你，見面詳談。】

還好早上自己已經提前找好了理由，下班的時候，溫妤便自然地跟蔣禹赫說：「哥哥你先回去吧，我去商場領一下禮物就回來。」

蔣禹赫緊抿著唇，頓了頓，視線從電腦前移開，望著她：「要我送你嗎。」

「不用了。」溫妤忙拒絕，「你忙了一天，我自己叫車過去就好。」

不知過去多久，蔣禹赫才淡淡嗯了聲，「好。」

這個字花費多大力氣平靜說出來，蔣禹赫自己知道。

明明情緒從早上開始就已經洶湧潰敗，這整整一天，他依然隱忍著讓自己不動聲色，風平浪靜。

溫妤離開後沒多久，桑晨來了。

她其實已經在走道裡站了很久，雖然經紀人說蔣禹赫叫她去一趟辦公室的時候沒說明原因，但桑晨知道，自己做過的事，如果那個男人有心要查，她是躲不掉的。

她在走道裡躊躇了很久，直到看見溫妤從辦公室裡出來，從口袋裡拿出一張名片看了一眼，接著揉作一團扔進了垃圾桶。

桑晨有些好奇，走過去彎腰撿了起來。

等看清名片上的內容，她微微睜大眼睛，片刻又將名片攥緊在手心。

她不知道自己是不是發現了什麼，頓了頓，深吸一口氣，敲了辦公室的門。

「蔣總，是我。」

桑晨一進辦公室便感受到了與尋常不同的氛圍。

那是一種冷颼颼的壓迫感，沉悶，讓本就心虛的她更加感到窒息不安。

蔣禹赫抬頭，盯著她看了很久，才平靜問：「你想幹什麼。」

他沒有問照片的事，沒有問照片裡的男人，沒有問與溫妤有關的任何問題。

相反的，開口便在質問自己的目的。

他的天平根本從頭到尾都偏在溫妤那邊。

桑晨閉了閉眼，心裡唯一的那點僥倖也徹底消失。

「我覺得她辜負了您的喜歡而已。」她說。

照片還不夠說明嗎，溫妤腳踏兩條船，一邊享受著蔣禹赫的寵愛，一邊在馬路上與別的男人深情擁抱。

桑晨這句話說完，蔣禹赫很久都沒開口，他只是看著她，在桌面輕敲著手裡的鋼筆，一聲一聲，不輕不重，每一下卻都讓她心慌惶恐，如履薄冰。

過去好幾分鐘，蔣禹赫才輕笑了兩聲。

他站了起來，走到桑晨面前，驀地抬起她的下巴：「什麼時候輪到你來管我的事了？」

桑晨只覺得下巴一陣劇痛，這種痛感很快變成了無法喘息的憋悶。

她說不出話來了。

蔣禹赫兩隻手捏住她的下頸，聲音陰冷徹骨：「警告你，最好守本分一點，拍你的戲，做你的明星，其他不該想的，不配想的，要有自知之明。」

桑晨上位之初，有人告訴過她從前黎蔓多麼風光，但一朝不知什麼原因得罪了蔣禹赫，再無翻身可能。

當時她不以為然，甚至覺得蔣禹赫雖然冷淡了些，不易靠近，但那時在學校裡，他親自指著自己說——就要那個女孩時，是有一些溫柔笑意的。

可現在，她顯然明白，一切都不過是自己幻想出的夢罷了。

他的那些溫柔眉眼，只對那個女人有過。

甚至連這麼不堪的照片都不在乎。

蔣禹赫鬆開了手，「滾出去。」

桑晨連著咳了好幾下，那種夢碎裂的不甘讓她笑了，不知是笑自己愚蠢還是笑蔣禹赫自欺欺人。

她拿出剛剛撿到的那張卡片，「希望她真的不會辜負您如此維護。」

說完，一臉蒼白地離開了辦公室。

蔣禹赫看著丟在桌上皺巴巴的名片。

是京市五星級河畔飯店的訂房卡片，旁邊有手寫的房號，二二〇一。

蔣禹赫皺了皺眉，起初沒反應過來，可聯想到桑晨的話，他的心迅速一沉。

她是在暗指溫妤？

飯店，房間……

蔣禹赫好像明白了什麼，卻不敢繼續往下想。

他坐回位置上，匆促地點了一根菸，卻止不住各種竄出來的念頭和畫面。

原本就克制了好幾天的情緒更是被瘋狂點燃，放大。

溫妤是瘋了嗎？

他們才認識多久。

哦，也是。

這個女人雖然偶爾有些小聰明，卻在選擇男人這件事上沒什麼心機。

尤其是那種戴眼鏡的斯文君子，她似乎毫無抵抗力。

在江城隨便上陌生男人的車，前不久和搖一搖來的男人出去跨年。

現在更是不知道什麼時候認識了新的男人，背著自己約會，擁抱，現在還……

去飯店開房？

真就一副不諳世事的天真少女模樣。

愚蠢。

可罵她並不能緩解蔣禹赫心裡的躁動，一想到溫妤跟別的男人親熱的畫面，他忍不了。

就算是以哥哥的身分，他可以裝傻默認她談戀愛，可無法接受她這麼快就跟別人上床。

蔣禹赫知道自己的想法矛盾又荒謬，可他無法再裝瞎下去了。

一分鐘都不想等，他迅速通知厲白，一行人直奔河畔飯店。

這一路的心情五味陳雜，煎熬憤怒，卻又精疲力盡。

他強行劃分著自己的界限，強行定性了自己的身分，苛刻地逼自己去遵守。

可現實與理想世界卻總在打架。

身體裡好像住了兩個人，每天都在撕裂，縫補，再撕裂。

在合法的時速下，厲白將車開到了最快。

十五分鐘後，蔣禹赫到了河畔飯店。

電梯緩緩上升，紅色指示燈一層一層跳躍，終於，停在了二十二樓。

蔣禹赫沒有什麼躊躇不前，更沒有什麼矛盾猶豫，他腦中只有一個畫面。

而他來的意義，就是阻止那個畫面的發生。

二二〇一門口，他抬手敲門。

很快門便開了。

音。

蔣禹赫率先看到的是一張男人的臉，與照片中男人一模一樣的臉。

目光下移，男人穿著浴袍，頭髮微濕，顯然剛剛洗完澡。

一些情緒瞬間在胸膛洶湧蔓延，蔣禹赫的關節不覺握緊，但並沒有發作出來。

他不想對看到的這一切妄作猜測，只平靜問了句：「她人呢。」

溫清佑沒想到蔣禹赫會找到這裡，正考慮要以怎樣的方式回應他這個問題，房裡傳來溫妤的聲

「誰啊哥。」

蔣禹赫：「……」

溫妤嘴裡咬著一塊披薩走出來，等看到站在門口的蔣禹赫後，整個人傻在了原地。

披薩也掉到了地上。

「……哥，哥哥？」

溫清佑用一種「我也沒想到會是他」的眼神看過來。

真哥哥假哥哥正面相遇，這是什麼致命修羅場。

溫妤慌了神，不知所措地走上前，「哥哥，不是，你聽我說。」

但蔣禹赫卻沒給她說話的機會。

他直接攥住她的手腕，強硬地把人帶走。

溫清佑還想說些什麼，厲白和隨行的幾個人攔在了他面前，威脅和警告的意味顯然。

大抵是沒想到妹妹碰瓷來的假哥哥比自己這個真的還霸道，溫清佑看著走遠的一雙身影，唇角輕

輕揚了揚，沒再說話，關上了房門。

回去的路上，溫妤揉著差點被拽斷的手腕，小心翼翼觀察蔣禹赫。

男人臉色很冷很難看，上車後也一直沒說話。

「哥哥，我……」

「你閉嘴。」蔣禹赫根本不看她，語氣雖然聽著平靜，但溫妤聽得出，這是狂風暴雨的前奏。

溫妤不怪蔣禹赫這樣生氣。

上次也是這樣，說好去做美容，結果出現在飯店餐廳和別的「男人」慶祝跨年。

今天又是，說是去拿禮物，結果更離譜，直接和男人進了飯店房間。

溫妤都不知道怎麼為自己開脫了。

不，今天這個畫面根本無法解釋。

她總不能說自己是去人家房裡拿禮物的吧。

溫妤垂著頭，暗自嘆息，算了，今天就躺平任罵吧。

就當是這幾個月來欺騙他的代價，臨走前被罵一頓，以後想起來也不會那麼愧疚。

一路沉默無言。

回到家，十二姨正在二樓打掃，「回來啦？」

「啦」字剛落下來，一陣風似的，蔣禹赫拽著溫妤進了房間，房門被碰一聲關上。

十二姨被風糊了一臉。

「……？」

你們倆一天到晚驚心動魄的，能不能對我這個老人家好一點？

&

房內。

蔣禹赫進去就把溫妤按在了門後，克制了一路的情緒也終於爆發。

「好玩嗎。」

「……」

「說話！我問你好玩嗎？」

「……」

溫妤整個人被蔣禹赫禁錮著不能動。

一點都不好玩。

她看得出蔣禹赫很生氣，頓了頓，還想靠以前的辦法，先賣一波乖盡力救一救自己。

於是小心戳了戳蔣禹赫的胸口，

「哥哥，要不……你先喝點水再罵我。」

誰知蔣禹赫卻冷笑一聲，直接把她那隻手反壓到了門上。

「哥哥？」

「你叫誰哥哥？」

「我還是他？」

「你剛剛不也在叫那個男人哥哥嗎。」

「你很喜歡叫別人哥哥是嗎？」

房裡沒開燈，他這樣連發質問，溫妤根本插不上話，只能嘆了嘆，「我不是——」

卻被急速地打斷。

「既然你那麼叫他，那以後哥哥這個位置就讓給他了。」

蔣禹赫說完突然一把扯開領帶，眼中情緒湧動，扣住溫妤的後腦吻下去。

「我他媽不想再做了。」

……半晌安靜。

吻落下來的那刻，溫妤是茫然的。

她想過各種各樣被蔣禹赫責罵的場景，唯獨沒有想過會是眼下這一種。

這完全超出範圍了。

這個吻一如蔣禹赫的為人，霸道強勢，不留餘地。

空氣好像凝滯了，又逐漸在兩人交接之處悄悄升溫。

起初溫妤雙手不知所措地撐在兩旁，腦中一片空白，太出乎意料的事發生時人的反應都是遲鈍的，直到後來逐漸稀薄的氧氣讓她開始覺得呼吸都變得困難時，她才醒過神來。

她在幹什麼。

蔣禹赫在幹什麼。

他們兩個人在幹！什！麼！

驚愕、慌亂、疑惑，後知後覺的情緒終於一湧而上。

溫妤腦中急速閃現出很多畫面。

她和蔣禹赫的第一次見面。

她看著他被無數人簇擁著走進音樂會現場，她風情萬種地給他送那張紙條，她車禍醒來看到冷淡的他，她費勁心機跟他回了家。

他們相處的每一個畫面，都像電影般，一幀一幀快速閃過。

直到最後，溫妤猛然驚醒——

……蔣禹赫是哥哥啊！

起碼在自己捏造構建的這個世界裡，他們是兄妹關係。

所以他們現在做的事……

太瘋狂了。

終於回過神的溫妤一把推開蔣禹赫。

她輕輕喘著氣，昏暗中能看到男人眼底的欲色。

這種眼神意味著什麼，溫妤知道。

她也因此更加慌了心神，閃躲著避開了他的視線。頓了幾秒，什麼都沒說，轉身開門落荒而逃。

回到自己房裡，關上門，溫妤靠在門背後，心跳如鼓。

她的臉紅得好像發了燒，手背試著去冰了好幾次都降不下來。

似他唇的溫度，洶湧熱烈。

猝不及防地像熱浪一樣傳遍了她全身。

溫妤想不通，想不明白怎麼會這樣，她抱頭緩緩蹲下，很久還是無法平靜。

偏偏這時外面又傳來敲門聲。

「魚魚。」蔣禹赫的聲音。

溫妤心中頓時狠狠一跳，蹭地站起來。明明隔著一扇門，卻還是亂到手足無措。

她不敢說話。

事實上是，也不知道說什麼。

「開門。」蔣禹赫在門外說：「我有話跟你說。」

溫妤卻恨不得拿什麼趕緊塞住他的嘴。

別說，現在什麼都別說。

求你了。

我只想自己冷靜一下。

溫妤抿抿唇，小聲貼著門拒絕：「我，我要睡了。」

外面沉默了會，沒再說下去。

聽到蔣禹赫腳步離開的聲音，溫妤也鬆了口氣。

周圍的一切都安靜下來，溫妤的心情也隨之慢慢平復。

她怔怔地看著窗外出神。

剛剛發生的一切不是幻覺，也不是玩笑。

她和蔣禹赫接吻了。

這還是她的初吻。

最可怕的是，從表面關係來講，這是一個哥哥突然吻了妹妹的故事。

雖然和蔣禹赫沒有任何血緣上的關係，這段時間以來也真的已經逐漸把他放在了溫清佑的位置上。

可溫妤不知道為什麼，被他吻的時候，自己會心跳加速，會臉紅，甚至有那麼幾秒——她竟有種朦朧的，難以自抑的沉溺。

如果不是那一絲理智及時抽回了自己，她是不是就要回應他了。

溫妤閉上眼埋進被子裡，不敢再去回想那個瞬間。

一秒都不敢。

好像自己做了什麼違背道德倫理的事，慌亂之餘還有些羞愧。

嗯，她一定是單身太久了，和沈銘嘉談戀愛那一年也談了個寂寞，一點親密接觸都沒有。

所以才會被男人碰一下就這麼敏感。

自己或許可以用寂寞了來解釋，那蔣禹赫呢？

他是什麼意思？

他說不想做自己的哥哥了，難道是……

溫妤腦中冒出一種猜測，一種最符合這個吻背後意義的猜測。

可她卻不怎麼敢相信。

想了很久，溫妤傳微信給尤昕：

溫妤：【我問你一件事。】

尤昕：【？】

溫妤：【就是，我有個朋友，她和她老闆平時就是正常上司下屬關係，但是今天那個老闆突然吻她了，還說不想做她的老闆了，你說那男的什麼意思？】

發完這句，溫妤焦灼地等著尤昕的回覆。

她很刻意地把自己和蔣禹赫的關係換了一種差不多的關係，就怕尤昕看出來。

過了會，尤昕回了。

【不想做老闆，想做老公唄，還能有什麼意思？】

溫妤：「……」

還沒等她再回過去，尤昕又傳來一則：【根據我有個朋友一般就是本人這個定律，是你那位好哥哥吻你了？】

語氣透著一股我想吃瓜的幸災樂禍。

溫妤一時無語，悶悶地把手機甩到一邊。

什麼閨蜜，還能不能給自己留點面子了。

看破也別說破啊。

溫妤揉了揉頭，還是不太相信蔣禹赫會對自己有想法這件事。

手機滴的一聲又響，溫妤以為還是尤昕，拿過來一看，這次是溫清佑。

【平安到家了嗎。】

溫妤快速打字：【嗯。】

【有沒有為難你？】

【沒有。】

【如果你無法決定，我來幫你。】

溫妤不知道溫清佑什麼意思，但她現在沒心思去猜。

滿腦子卻都是蔣禹赫這麼一個措手不及的吻。

完全打亂了她的心。

溫妤沒再回溫清佑，把臉埋在臂彎裡。

現在先別說走不走，光是想到每天跟在人家後面當小尾巴撒嬌喊哥哥的自己竟然和哥哥接了吻，溫妤已經不知道明天早上起來要以怎樣的表情去面對對方。

這種可以預見的尷尬讓溫妤一個人在房裡都如坐針氈，渾身不適。

這一夜，她幾乎沒有怎麼睡。

翻來覆去，眼前出現的都是被蔣禹赫困在門後的那個吻。

就連夢裡也沒有被放過。

這種情緒直到第二天上午睡醒，溫妤都沒緩過神來。

但在房間裡躲了一夜，總不能還繼續不露面。

就算躲得了一時，也不能一直就這樣躲著不出來。

怕兩人相遇尷尬，溫好想了想，傳了則微信給蔣禹赫。

【我今天有點不舒服，請一天假行嗎。】

很快便收到了蔣禹赫回覆的好。

繃在溫好身上的那根弦總算鬆了些，她在房裡坐著，眼巴巴看時間過了九點，心想蔣禹赫肯定已經去上班了，這才準備出門下樓吃點東西。

誰知剛走到樓梯，就看到坐在餐桌前的蔣禹赫。

聽到聲音，他也看了過來。

四目對視，溫好臉騰地就紅了，心臟沒來由地急劇跳動，下意識便想轉身跑回房間。

但毫不知情的十二姨卻喚住了她：「怎麼現在才起床啊，少爺都等你半天了，快下來，我幫你煮了桃膠燕窩，美容養顏白白嫩嫩，快。」

溫好：「……」

十二姨都這麼說了，溫好像是為自己打氣似的，暗中捏了捏拳。

她深吸一口氣——是啊，你躲什麼？

你躲個屁啊。

又不是你強吻他的，要內疚要自責也應該是他！

他都能坐在那悠然吃飯了你為什麼不能？有自信點，大膽下去吃你的早餐！

要若無其事，要雲淡風輕，要淡定自若！

為自己深刻地做了一番心理暗示後，溫妤抬起頭，努力跟平時一樣走了下去。

甚至走到餐桌旁時，還跟以前一樣坐在蔣禹赫身邊。

十二姨為她上了燕窩，她端起就吃，一聲不吭。蔣禹赫已經吃完了，卻沒走，就那麼坐著。

他今天好像也不打算去上班，穿的是很居家的休閒裝，比起往常凌厲的黑色套裝，多了幾分難得的柔和。

溫妤能感受到他的目光一直在注視著自己，這種感覺如芒刺背，尤其是經過昨晚後，溫妤再也不能直視這種來自哥哥的注視。

總覺得哥哥的眼神有些顏色。

好幾次溫妤都閉眼反省，你他媽在想什麼啊，吃你的東西行嗎。

還好這時，十二姨打開了電視。

她做家務的時候習慣家裡有點聲音，熱鬧熱鬧，不至於那麼沉悶。

電視劇的聲音很好地打破了客廳裡詭異又微妙的氣氛，就連身邊的男人也端起杯子喝了口水，不再那麼專注看她。

可就在溫妤覺得呼吸稍微自由了些時，電視機裡卻傳來一聲重聲呵斥：「你這個畜生，你幹的是人事嗎？！」

「還有你也是，不知羞恥，道德淪喪，竟做出這種有辱家門的事！」

？？？

溫妤微愣，抬起頭。

緊接著的臺詞又是一句帶淚的泣訴：「你們倆是兄妹啊！兄妹！你們怎麼能，怎麼可以！！！」

說著說著，電視裡這位父親就氣到昏厥過去了。

看得在一旁擦桌子的十二姨也直嘖嘴：「唉喲，這不是造孽嗎，哥哥跟妹妹怎麼幹出這種事了。」

溫妤：「……」

一秒鐘而已。

溫妤努力做出的那些若無其事雲淡風輕淡定自若全部崩塌。

昨天蔣禹赫把她拽進房間的時候十二姨也在，溫妤不確定她是不是聽到了什麼，現在又是不是在暗示什麼，無論如何，這一刻她好像當眾被赤裸裸地撕破了那層紙，再也無法淡定坐下去。

慌張又窘迫地起身：「我吃飽了。」

接著便朝二樓自己的房間跑。

蔣禹赫微怔，而後快步追上去，經過十二姨旁邊時皺眉看著她：「你就不能看點正常的東西？」

十二姨：？？？

我又怎麼了？

溫妤匆匆跑回自己的房間，剛要關上門，蔣禹赫緊隨而至，提前一步用手臂攔住門。

溫妤的力量無法與蔣禹赫抗衡，他輕輕一推，她便往後退了兩步，跌跌撞撞站到了房裡。

而他，就這樣走了進來，關上門。

溫妤：「……」

蔣禹赫一步步往裡走，溫妤便一步步往後退，直到退到化妝桌前，她手撐在上面——

「停。」她有點怕他又要再來一次昨晚的事情，「你別再過來了。」

蔣禹赫便停在了那，沒再往前。

他頓了頓，似乎有些無奈這種一夜之間橫在兩人面前的距離，許久才啞著嗓子輕道：「昨天的事……是我的問題。」

「我跟你道歉。」

蔣禹赫輕輕說著，溫妤低頭聽，卻不知該怎麼回。

她心裡明白他們不是親兄妹，可她現在的人設是一個失了憶的人，而且是一個失憶後堅持把蔣禹赫當做親哥哥的人。

所以她現在怎麼都沒辦法做出「我能理解，我能懂」的樣子。

如果真是這樣，豈不是和電視上演的一樣，她在默認跟親哥哥搞亂倫？

溫妤感覺自己把自己繞進了一個巨大的修羅場裡，現在裡外不是人。

她閉了閉眼，只能順著人設往下接：「我把你當哥哥，你卻——」

她決定無論蔣禹赫待會怎麼解釋自己的行為，她都趕緊順臺階而下結束這件事。

誰知蔣禹赫頓了頓：「可我沒把你當妹妹。」

溫妤：「……」

溫妤：「？？？」

溫妤呆了。

赫。

她用一種「你在說什麼你是不是喝醉了你他媽是要公開跟失憶的妹妹搞亂倫嗎」的眼神看著蔣禹赫。

她難以置信地張了張嘴：「你……」

其實昨晚那一個衝動的吻過後，蔣禹赫也後悔過。

但時間很短，一兩分鐘而已。

他並不喜歡拖泥帶水，之前的種種隱忍已經是極限，走到今天這一步，蔣禹赫已經徹底推翻了約束自己的那道底線。

他的目的性和行動力幾乎是一致的。和做生意時的雷厲風行一樣，一旦敲定目標，他會直接出手，不會猶豫。

昨晚的吻的確是衝動之下的意外，但對他來說，卻是克制已久的必然。

既然已經這樣了，他更沒必要再繼續遮掩下去。

坦蕩一點，對溫妤來說也是一種負責。

兩人就這樣互相看著對方，片刻，蔣禹赫終於出聲：「魚魚。」

「其實我——」

話剛說一半，十二姨在外面敲門。

「少爺，外面來了個人，說是找您和小魚的。」

蔣禹赫皺了皺眉。

找他倒是沒什麼稀奇的，可是找溫妤？

她在這根本不認識幾個人。

「誰找你？」蔣禹赫問。

溫妤也不知道是誰，搖搖頭。

頓了頓，蔣禹赫只好暫時中止了剛剛想要說出來的話，「先下去吧。」

「嗯。」

兩人一前一後走出來，蔣禹赫走在前面，剛至樓梯處便看到客廳佇立一個高大的男人身影。

男人背影清雋，風衣與身材完美貼合，哪怕是背對著也能看出氣度不凡。

蔣禹赫好像知道他是誰了。

他冷笑一聲，回頭看了溫妤一眼，輕道：「找上門來了？」

溫妤愣了下，「什麼？」

她隨後看出去，等看清那個身影後嚇得臉色霎時就變了。

來的人是溫清佑。

溫妤唇囁嚅了兩下，有些哆嗦，「哥」字的音到了嘴邊卻怎麼都發不出來。

蔣禹赫雙手抄在褲子口袋裡，不慌不忙走下去，「找我？」

溫清佑聽到聲音回頭，看著蔣禹赫微微一笑：「你好，蔣先生。」

溫妤拚命在蔣禹赫背後給親哥哥眼神——

「你瘋了嗎大哥！」

「你過來湊什麼熱鬧啊！？」

「你要來也先跟我說一聲啊！」

可無論如何，人已經來了。

溫妤拚命舞了一番眼神後驀地想起昨晚溫清佑那句——「如果你無法決定，我來幫你。」

她背後一涼，好像明白了他來的意義。

所以他要怎麼幫自己……

溫妤不敢往下想了。

經過昨晚，溫清佑已然從蔣禹赫眼中看出了他對自己妹妹不一樣的感情。

也深知如果再這麼繼續下去，萬一哪天被他知道溫妤只是在玩弄他，後果不堪想像。

既然妹妹無法快刀斬亂麻，他這個做哥哥的就親自來幫她做這個決定。

蔣禹赫對溫清佑的問好毫無反應，冷漠地在沙發上坐下。

「你還挺有膽子的。」

溫清佑：「應該做的事，無論如何都是要做的，這跟膽量無關。」

蔣禹赫不禁輕笑，抬眼望他：「應該做的？你有什麼事是應該走到我面前來做的？」

溫清佑頓了頓，看向站在蔣禹赫身邊的溫妤。

視線落過去，他唇角揚了揚，「帶她走。」

溫妤：「……」

像是聽到了什麼好笑的笑話，而這個笑話又帶著點明目張膽的挑釁，蔣禹赫忍著心頭那股火氣問溫清佑：「你憑什麼。」

溫清佑從風衣口袋裡拿出一張支票，「這兩百萬就當這幾個月來她叨擾了蔣先生的一點補償，感謝你對她的照顧。」

蔣禹赫看了兩秒，輕笑一聲。

他站起來，慢慢走到溫清佑面前，接過那張支票後，一點一點將它撕成碎片。

「我缺你這兩百萬？」蔣禹赫討厭極了這個男人的金邊眼鏡，「趁現在我還能心平氣和地跟你說話，你最好自己消失。」

一邊是親哥哥，一邊是……不知道怎麼說的哥哥，兩人面對面站著，一副馬上就要打起來的樣子，溫妤無奈到不知所措。

她忙走到兩人中間試圖分開他們：「哥哥們有話好好說好嗎，別傷了和氣。」

蔣禹赫看到她這個表態更是動火，「我跟他很熟嗎，有什麼和氣好講？」

驀地又反應過來那個微妙的「們」字，皺了皺眉：「你叫他什麼？」

溫妤：「……」

溫清佑這時輕輕笑了笑，不慌不忙取下眼鏡，一邊擦拭一邊說：「我差點忘了，應該先跟蔣先生做個自我介紹。」

他重新戴好眼鏡，朝蔣禹赫伸出自己的手：「你好蔣先生，我叫宋清佑。」

「小魚的哥哥。」

頓了兩秒——「親哥哥。」

溫清佑說完從口袋裡拿出一張名片：「幸會。」

溫妤心裡怦怦一跳，完了。

親哥這是徹底把自己半個馬甲撕掉了。

溫妤那邊如熱鍋螞蟻，蔣禹赫這頭卻是沒動。

他的思緒還沉浸在剛剛溫清佑說的「親哥哥」三個字裡。

如果是真的，這或許是自己長這麼大以來，誤會過的最離譜、最荒唐的事。

他面色有幾許愕然，頓了頓，仍算從容地垂眸看過去。

名片是全英文的，他迅速讀到了其中的資訊。

SONG.QINGYOU

華爾街一家投資公司的老闆。

父母離婚後，溫清佑跟母親改姓了宋，因此無論是名片上，還是在自己身處的環境裡，他的名字都是宋清佑。

有很長一段時間，蔣禹赫都沒有說話。

浸淫生意場多年，他早已能將一切喜怒掩飾得不動聲色。

可看似平靜的表面之下，無數情緒在暗湧浮動。

哥哥？

她的親哥哥？

這怎麼可能。

可是……

這為什麼又不可能。

過去很久後，蔣禹赫才好像從這種震驚之中回過神，轉過去求證溫妤。

他只是看著她，卻沒說話。

溫妤懂他什麼意思，張了張唇——「我不知道。」

別說蔣禹赫，溫妤自己都覺得自己在做夢。

什麼魔幻劇情，昨晚被強吻，今早被強搶。

問過她了嗎？她同意了嗎？

「她失憶了，不記得我很正常。」溫清佑知道溫妤在打太極，但還是幫她解釋了這個問題。

蔣禹赫便笑了，「那我怎麼相信你的話，你想說自己是誰都可以。」

溫清佑拿出自己的手機，而後翻出一些照片。

「如果蔣先生不嫌麻煩的話，這裡是我和小魚小時候的照片，還有和父母一家四口的。她上大學、畢業、平時生活等等的日常都可以從我這裡循到軌跡。」

頓了頓，「如果還不夠的話，我不介意和她做ＤＮＡ鑑定來證明。」

蔣禹赫看到第一張照片的時候就已經知道溫清佑沒有撒謊。

那大概是溫妤五、六歲時的照片，溫清佑站在他旁邊，輕輕摟著她，兩人笑得親密又快樂。

照片裡的溫清佑眼底有一顆很小的痣，而站在面前的男人，同樣的位置，也有。

蔣禹赫覺得有什麼崩塌了。

「妹妹兩個多月前回國玩，卻突然沒消訊息，我和家人找了很久才聽朋友說在京市見過她。」

「很感謝蔣先生這兩個多月來對她的照顧，現在我也是時候要帶她回美國了。」

說罷，溫清佑給了溫妤一個眼神，「有東西要收拾嗎。」

溫妤知道溫清佑是怕自己猶豫不決，所以特地上門來給自己個痛快。

但這太突然了，她根本沒有做好離開的準備。

她並不想走。

她看了蔣禹赫一眼，試圖等到一句挽留。

可男人並沒看他，眼神落在別處，不知在想些什麼。

整個客廳都彌漫著沉沉的低氣壓。

溫妤曾經在心裡預演過無數次離開這個家時的樣子，但真正到了這一刻，還是覺得好難。

快刀的確斬亂麻，可斬下去的那個人並不好受。

溫妤站在沙發背後，看著蔣禹赫，手在暗處捏緊了沙發布料，「哥……」

溫清佑卻意味不明地打斷她：「爸爸很想你。」

溫妤：「……」

這已經是親哥哥最後的通牒了。

再不聽話，溫易安就會知道這一切。

可該死的男人竟然一句話都不說。

溫妤莫名有些生氣。

雖然知道自己根本沒有任何立場生氣。

可蔣禹赫的冷漠還是讓她難過了。

「好。」她賭氣般拎著手提包走到蔣禹赫面前：「那我走了。」

她沒什麼東西好收拾，這個房子裡的一切都是蔣禹赫的，她沒資格帶走。

蔣禹赫終於抬眼望著她。

儘管這一刻有無數個理由想把人留下，可溫清佑一句親哥哥就足以摧毀他所有幻想。

他以什麼身分把人留下來？

正如那支手機。

他費盡心機藏在暗處的祕密，終究還是被無情反噬了。

溫清佑的出現就是最大的反噬。

他說溫妤兩個多月前回國。而溫妤的朋友圈也寫了是要和遠距離的男朋友見面。

一切都吻合得上。

蔣禹赫驕橫掌控著無數人的命運，這一刻卻深深感受到了那種連自己都無可奈何的無力。

他起身離開，沒有再看溫妤。

走出幾步才停下，背對著他們淡淡說：「要走就快點。」

溫妤：「……」

溫清佑卻笑了笑回應：「謝謝蔣先生把妹妹還給了我。」

這是感謝，卻也是挑明和暗示。

溫妤是自己的妹妹，不屬於這裡，不屬於他。

這幾個月來的故事，可以結束了。

以後大家各行各路，再無牽絆。

溫清佑輕輕拉住溫妤的手往門外走。

一步一步，像一根不知長度的彈簧，溫妤強行被拉扯著，時不時回頭看一眼與蔣禹赫之間越來越遠的距離。

他最終沒有回頭。

門輕輕關上，家裡忽然清靜。

親眼目睹了這場突然的分別後，連一向非常有性格的十二姨都有些回不過神。

她看了看大門，再看了看自家站在那久久未動的少爺。

「您都不留一下？」

留？

怎麼留。

憑什麼留。

一個肇事方的老闆，他有什麼立場留。

旁人根本不知道蔣禹赫已經卑劣地留過她一次。

而現在這次，或許就是上天對他的自私做出的懲罰罷了。

蔣禹赫沒再說話，獨自上了樓。

&

那邊，溫妤跟著溫清佑回到了河畔飯店。

溫清佑幫她單獨開了一個房間，說：「我訂了明天下午回江城的機票，我們先回去看一下爸爸，然後你跟我回美國，你想散心也好，在那邊發展也好，總之盡快開始新的生活。」

溫清佑連著說了好些話都沒得到回應，他轉身看過去。

溫妤坐在床邊，根本沒在聽他說話的樣子。

溫清佑看出了她的心思不定，安慰道：「就這樣結束很好，他不會知道你騙他的一切，你也能全身而退，對你們倆人都是最好的結局。」

溫妤沒說話，只是時不時地就按一下手機螢幕。

從她離開蔣家到現在，蔣禹赫沒有傳過一則訊息來。

什麼人啊，真的一點都沒有捨不得自己離開嗎？

溫妤也不知道自己為什麼會有這種期許，只是想到在蔣家最後一眼看到的竟是他的背影，心裡就有些煩躁。

她問溫清佑，「明天幾點的飛機？」

溫清佑：「下午四點。」

溫妤站起來在房間裡來回走了好幾下，始終無法平靜下來。

她停下看著溫清佑：「我好像忘了東西在蔣家，我回去拿一下。」

「什麼東西。」

「一瓶香水。」

「回去你想要什麼牌子的香水哥哥都買給你，沒必要特地跑一趟。」

溫妤咬了咬唇，又想起了什麼，「還有一對袖釦，我以前準備送給沈銘嘉的，我——」

「好好。」溫清佑打斷她的話，復又輕嘆一聲，「結束了，好嗎？」

「……」

「不要再想著回去，哥哥已經做了這個醜人把你拉出來，我們向未來看好不好？」

溫妤頓了頓：「可我沒有要你這麼做。」

她垂下頭：「我從沒有想過要離開，是你在替我決定，是你覺得這是最好的結果，不是我。」

溫妤的心思溫清佑看得一清二楚。

畢竟在一起生活了這麼久，蔣禹赫那個男人絕對有足夠的魅力讓妹妹對他產生別樣的情感。

喜歡時是喜歡，可如果他知道溫妤從一開始接近他的目的就只是為了利用呢？

溫清佑不希望溫妤受到任何傷害，哪怕現在自己被誤解都無所謂。

兩兄妹一時沉默無言。

溫妤還是在執著地一會兒就按一下螢幕，溫清佑看到她的桌布是和蔣禹赫靠在一起的合照，上面有親密的愛心貼紙。

這張照片更加證明了溫清佑的那些猜測，他看了溫妤一眼，試探著說：「這支手機太廉價了，等回江城我幫你重新買一支。」

說著就丟了手機，「這裡的一切也都不要留戀了，全部丟了吧。」

可等手機啪嗒一聲跌落在垃圾桶裡時，溫妤忙上前撿起了手機，情緒也難以控制起來：「我已經被你帶出來了，你還要我怎麼樣？」

她擦拭著手機上的灰塵，「你知道這支手機是哪裡來的嗎？」

「當時我出車禍，在這個城市身無分文的時候你在哪裡？」

「我被渣男和小三當面嘲諷的時候你又在哪裡？」

「你說走就走，說回來就回來，回來強硬地打破我的生活，還要把這些能讓我唯一留戀的東西全部扔掉？！」

溫清佑一時語塞，半晌才輕嘆一聲道：「妤妤，你留戀的只是手機嗎。」

溫妤：「……」

&

溫妤離開的第一個晚上，蔣禹赫雖然很想讓自己去習慣沒有她的家，但理智和情感都無法那麼快地去接受這個現實。

他約了祁敘出來喝酒。

往常都是一堆人組局在會所，今天卻只是找了個清靜的小酒吧。

沒有昂貴的酒，沒有嘈雜的環境，只有民謠歌手在臺上唱著動情的歌，氣氛安靜又平和。

「小尾巴沒跟出來？」祁敘一坐下就問。

蔣禹赫喝著店裡自製的雞尾酒，「走了。」

「？」祁敘緩了會兒，「走去哪？」

「她自己的家。」

祁敘這時才看出蔣禹赫臉上罕見的清淡。

過去他雖然也是經常冷著一張臉，可至少你能感受到他的冷漠和不耐煩。

可現在不是。

他的神情完全是那種沒了五感六覺的淡。

祁敘意識到不太對勁，「她恢復記憶了？」

「沒有。」蔣禹赫把深紅色的酒一口悶完，「她親哥哥找過來了，把人帶走了。」

「……」

不知是不是這杯雞尾酒的烈度很能安撫他當下的心情，蔣禹赫回頭找服務生又要了一杯。

「這杯酒叫什麼名字。」

服務生：「昨日妄想。」

「……」

好一個昨日妄想，你們可真他媽會取名字。

喝杯酒都能被暗指到，蔣禹赫驀地一笑，搖搖頭。

哪想祁敘緊跟著又補了一刀：「她就那麼走了？不該吧，怎麼說都跟你生活了幾個月，一點都沒留戀？」

這個問題問得好。

蔣禹赫也想知道為什麼。

溫妤走的時候就跟早就做好了準備似的，迫不及待，一點都沒回頭。

別說留戀了，走了到現在一則訊息都沒傳回來。

他自嘲地笑了笑：「白養了兩個多月。」

祁敘沉默片刻，還是覺得溫妤不是這樣的人。

「我覺得是不是你做了什麼，讓人家不敢留下來了。」

比起溫妤沒良心說走就走，祁敘更懷疑是不是蔣禹赫這個禽獸做了什麼過分的事把人家嚇跑了。

蔣禹赫怔了兩秒：「我？」

祁敘毫不留情：「就是你，你就不是什麼好人，先自己反省。」

被祁敘這麼一提醒，蔣禹赫才恍然想起自己昨晚對溫妤做過的事。

她當時眼裡的慌張、驚恐、錯愕、不安。

像極了被野獸攻擊後迫切想要逃跑的小鹿。

所以，是自己的衝動嚇走了她？

蔣禹赫無奈地揉了揉眉骨，「我怎麼知道她哥哥今天就找上來了。」

這個回答儼然承認了祁敘的猜測，他頓時來了興趣：「所以你把人家怎麼了？」

蔣禹赫和祁敘是十多年的朋友，幾乎是從小一起長大，無話不說。因此只是遲疑了幾秒，蔣禹赫便把自己沒忍住吻了溫妤的事告訴了祁敘。

祁敘沉默了會，「還好人家哥哥來了。」

「……」

「不過。」祁敘頓了幾秒又道，「你這事我也幹過，能理解。」

原以為是感慨好兄弟同命運，誰知祁敘緩緩喝了一口酒，忽然又神轉折：「但我哄回來了。」

蔣禹赫：「……」

你他媽可以滾了。

我叫你來是秀給我看的？

祁敘就是句玩笑話，見他面色不佳總算正經地安慰了他一句：「哥哥而已，又不是男朋友，你要是放不下就去追回來，這點事還要我來教你？」

的確是不需要祁敘來教，可是——

「她住在美國，」蔣禹赫淡淡說，「而且之前是回來見男朋友的。」

「……」

這就沒辦法強拗了。

自知兄妹的這段緣分無望追回，祁敘便不著痕跡地轉移了話題，「臺上這個歌手歌唱得不錯，你聽聽，可以考慮簽下來發展發展。」

蔣禹赫輕輕側頭。

臺上，一個男人抱著麥克風深情地唱著——

「我應該在車底，不應該在車裡。」

「看到你們有多甜蜜……」

「他一定很愛你，也把我比下去。」

「分手也只用了一分鐘而已……」

？？？？？？

蔣禹赫決定再也不會踏進這家酒吧一步。

&

一夜的時間過得似乎特別快。

第二天，溫妤睡醒睜開眼，習慣中的水晶燈卻變成了冷冰陌生的白色吊燈。

她反應了片刻才逐漸想起，自己睡在飯店的床上。

她已經離開了蔣家，離開了那個每天會有人催她起床，為她做飯，還嚷嚷要把她養得白白嫩嫩的那個家。

這種感覺既惆悵又沮喪。

她開始幻想去美國後的生活，她可以在那邊繼續上學，或者在哥哥的公司上班，會認識更多的人，不同膚色的人。

可無論自己把未來想得多麼斑斕精彩，還是無法填滿心裡的空蕩。

下午兩點，機場。

取登機牌，安檢，溫妤一臉冷漠，按部就班地開始和這座城市告別。

VIP休息室裡，溫妤安靜地坐著候機。

她看著手裡的機票，時間彷彿倒回了幾個月前，她出發來京市想為沈銘嘉拿袖釦的時候。

那時候的她還沉浸在和渣男遠距離半年可以見面的喜悅裡，根本不知道一天之後自己的命運會那樣翻天覆地。

現在溫清佑看似把她拉回了人生的正軌，可真的就是最正確的路嗎。

溫妤還是過一會就看一下手機，可過去了那麼久，蔣禹赫依然沒有給她傳過一字一句。

不知道是生氣了，還是失望了。

她走得這麼決絕。

窗外飛機起落，有人帶著欣喜來到這裡，有人帶著希望離開這裡，每個人的命運都不相同。

溫妤打開微信，拍了一張飛機起飛的照片發到朋友圈。

這已經很明顯了，自己在機場。

要走了。

我要走了……

你真的不留一下我嗎……

實在不行留個言略表一下祝福總可以吧，怎麼說也做了快三個月的塑膠兄妹。

這則朋友圈只針對蔣禹赫可見。

溫妤發完便等著男人的回覆。

可一分鐘，兩分鐘，五分鐘，半小時……

一點動靜都沒有。

溫妤有點鬱悶。

這種始終得不到回應的對話讓她逐漸開始焦躁，開始在ＶＩＰ候機廳裡走來走去。

溫清佑知道她心裡還有念想，便也懶得管她。

直到這人突然坐到自己身邊，抱胸望著他：「你真是我哥哥嗎？」

溫清佑：？

「我就這麼跟你走了，萬一你是人口販子整形成我哥哥的樣子想把我拐賣到國外怎麼辦。」

溫清佑：？？？

你想回去倒也不必編這麼一個故事出來。

溫妤越想越有理似的，拎著小包包就要跑，「我覺得我還是需要謹慎一點，要不我們約個時間做了ＤＮＡ再說離開的事吧。」

剛跑出幾步，溫清佑叫住她：「溫妤。」

聲音帶了些厲色。

溫妤一愣，停在那，頹然地垂下頭，過了很久才悶悶地轉過來：「可我真的不想走。」

「那他也沒留你不是嗎。」溫清佑緊接著接了這句話。

「……」一刀子扎得又深又準。

溫妤沒了理由，垂著腦袋又返回座位，出神地看著窗外。

是啊，他都沒留過自己。

算了，騙子的報應罷了。

溫妤最後按開朋友圈，發現還是沒有任何回覆後，刪掉了那則動態。

現在的心情就挺複雜的。

明明當初是自己想要碰瓷別人，現在卻又心心念念地想要別人給她一點回應。

溫妤有些難過。

如果她和蔣禹赫的世界起初不是以那樣的方式融入到一起，她現在也許不會有這麼多的猶豫不決、有口難言。

「哥哥，你做過什麼後悔的事嗎。」溫妤忽然問溫清佑。

後悔？

溫清佑眼底微頓，有幾秒的怔然，思緒也慢慢被拉遠。

幾個月前，他在邁阿密出差時認識了一個女人，燈紅酒綠之下，成年男女的遊戲開始得很自然。

後來她離開時想要他的名片，他卻只給了她一個吻，淡淡說了「take care」。

女人也笑著回了他同樣的話，沒再糾纏。

彼此的人生短暫地交叉了片刻後，又乾脆地分開。

沒有任何拖泥帶水。

溫清佑以為自己對她只有身體上的歡愉，可等回到紐約後的無數個輾轉反側的夜裡才發現，最初甘願與她沉淪，本就已經是一見傾心。

「後悔又怎麼樣，」溫清佑輕輕扶了扶眼鏡，聲淡著感慨，「人生不會讓你回頭再選擇一次，所以我們才要珍惜當下。」

滴的一聲，溫妤的手機忽然響了。

她蒙了幾秒，看著螢幕上顯示的「您收到了一條新訊息」，心跳都跟著變快了。

篤定地以為會是蔣禹赫傳來的訊息，可當她滿懷希望地打開後——竟然是沈銘嘉。

【hello 小魚寶寶，這幾天在忙什麼？怎麼不理我？】

……溫妤想鑽到螢幕裡掐死這個賤人。

總是在不恰當的時候出來噁心人。

白高興了一場，溫妤的情緒更加低落。

她能感受到自己內心的某種渴望，而那種渴望越是激烈急切，這一刻看到沈銘嘉的微信，就越是失望和難過。

沈銘嘉這時又傳：【你朋友圈怎麼沒有你哥哥的照片？】

【小魚寶寶，什麼時候拍個蔣總在家的影片我看看，他一直是我的偶像呢。】

渣男話說得動聽，其實就是對溫妤起了疑心。

因為溫妤的朋友圈幾乎不發什麼東西，空空的，的確不像一個娛樂圈財團大佬的妹妹。

可就是這麼一則令人厭惡的微信，卻莫名讓溫妤心中所有被封堵的出口有了一絲縫隙。

她忽然坐直，彷彿提醒自己——走什麼走？你不虐沈銘嘉了？

瞧瞧，他現在開始懷疑你了，還要影片呢，你怎麼能走？

還記得他是怎麼嘲諷你的嗎？還記得他是怎麼欺騙你的嗎？

硬起來！必須馬上回去！

儘管知道這條縫隙是自己強行扒開的，但念頭一旦在心裡開始萌生，便鋪天蓋地地壓倒了一切。

最重要的是，這一刻她終於知道——自己留戀的到底是手機，還是人。

廣播這時開始通知登機。

「人生的確不會給我們回頭選擇的機會。」溫妤站起來：「所以我現在想繼續往前走，不回頭。」

&

四點整，從京市飛往江城的航班準時起飛。

溫妤拎著唯一的手提包站在機場門口，抬頭看了看天。

有飛機從頭頂飛走，劃過白色的雲煙，慢慢爬進雲層不見。

她耳邊還迴響著溫清佑嚴肅的警告：「你想好了，每個人都要為自己做的決定負責。」

溫妤當然明白這個道理——

「是你說的，活在當下。」

溫妤的當下，就是與蔣禹赫有關的一切。

即便將來要走，她也希望自己能坦坦蕩蕩地告訴他，而不是像現在這樣自私離開。

撕了機票的那刻，或許是她人生中最難忘，最深刻的一次決定。

機場出口人來人往，溫妤心裡卻無比輕鬆，她沒有馬上叫車，而是沿著路邊慢慢走著。

手機還是沒有任何訊息，蔣禹赫這個冷漠的男人，終究沒有為自己送來一句祝福。

待會回去，一定要狠狠地罵他幾句才行。

只是想著這樣的畫面，溫妤的唇角就已經不自覺地翹了起來。

走到機場車道的盡頭，溫妤找到一處臨時乘車處，等了一分鐘便等到了一輛計程車。

計程車車開到面前，溫妤打開車門，剛要坐上去，餘光忽然瞥見馬路對面，停著一輛有些眼熟的黑色轎車。

她微頓，剛彎下的身體又站直。

她遠遠看著對面的車。

車窗開著，男人屈臂撐在窗沿上，目光淡淡看著遠處。

他好像沒有具體的方向，淡漠的稜角也窺不出任何情緒，就那麼若有所思地看著。

溫妤不知道他什麼時候來的，來了多久，又打算待多久。

周圍的一切都好像突然靜止了下來。

整個世界只有自己和他兩個人。

溫妤看了幾秒，忽地想笑，又很感動。

一切盡在不言中，總算他還有點良心，對得起自己撕掉的那張機票。

「還上不上車啊，後面排隊呢！」司機忽然按喇叭催促。

溫妤回了神，忙關上車門道歉，「對不起，我不上車了。」

她壓著心底愉悅的起伏，慢慢朝他走過去。

越走越近，直到停下。

輕輕敲了敲車窗。

這一刻，風都變得特別溫柔。

「這位哥哥是在等我嗎？」

第九章　字母J的袖釦

女人的聲音輕飄飄的，還帶著點調侃的意味。

蔣禹赫不用看都知道這個聲音是誰，他皺了皺眉，本以為是自己想入了神出現的幻覺。可當他稍稍偏頭，真切地看到站在自己面前的窈窕身影時——他怔住了。

足足好幾秒。

溫妤靠在車窗上笑吟吟地看著他：「幹嘛，難道在等別的妹妹？」

說罷便做出一副轉身要走的樣子，「那我不打擾你啦。」

蔣禹赫這才回過神下車把人拽住，聲音暗啞著問：「不是走了嗎。」

溫妤睨他：「怕你一個人就這樣孤獨終老唄。」

說完覺得好像用詞不太對，又馬上搖搖頭，「我意思是，怕你一個人在家悶出毛病來，我就發發善心回來陪你好了，怎麼說也白吃白住了兩個多月嘛。」

蔣禹赫其實並不在意她不走的原因，因為當溫妤站在這裡的一刻，他那顆被擠壓了一天一夜的心終於正常跳動了。

那些失去的五感六覺也都瞬間回歸原位。

像是被人掠奪走的寶貝又回到手裡似的，蔣禹赫好幾次抬手想要抱一抱溫妤，可那種衝動的念頭才起，便被昨晚祁敘的話壓下去。

他已經嚇到過她一次，不能再有第二次。

克制住。

得來不易。

於是收起了所有衝動，只揉了揉溫妤的頭：「算你還有點良心。」

這個從前不會覺得奇怪的動作如今卻讓溫妤臉微微一熱，不自然地推開他的手：「當然了，你以為都跟你一樣沒良心嗎，一則訊息都不傳給我。」

這語氣聽起來莫名有幾分怪責的嬌嗔。

蔣禹赫輕輕扯了扯唇，拉開車門：「上車。」

回去的路上，兩人已然是全新的身分在聊天。

「宋清佑怎麼同意你回來的。」蔣禹赫問。

溫妤滿不在乎：「這有什麼同不同意的，腳長在我身上，我想回來就回來啊。」

「可你的親人都在美國。」

「……」

笑意微頓，溫妤想到了那個多年未見的媽媽。

沉默須臾，她看著窗外喃喃道：「其實也不是很熟。」

這也是溫妤不想跟著溫清佑走的原因，自己在國內長大，習慣了這裡的一切，去美國，先不說和多年未見的母親有沒有隔閡，把父親一個人留在國內她也不願意。

溫妤話畢才反應過來自己好像說溜了嘴，正想解釋，蔣禹赫卻點了點頭：「你現在失憶，忘了他們，覺得不熟不親近正常，等想起來了就好。」

「……」你可真會幫我解釋。

過了會蔣禹赫又問：「那你叫宋什麼？」

「什麼？」溫妤一愣，一下子沒反應過來。

溫清佑當初故意用了自己美國的名片，其實就是想抹掉溫妤一切資訊，讓蔣禹赫相信她就是一個住在美國回國旅遊時出車禍的人。

所以蔣禹赫理所當然地認為溫妤應該姓宋。

「你叫宋什麼？」蔣禹赫又問了一次。

溫妤剛剛在機場熱血上頭地只想著要回來這件事，當那種急切的情感褪去後，她才發現，自己根本沒有思考過回來後怎麼收拾這一地雞毛的現狀。

蔣禹赫連著問了兩次，她沒有再考慮的時間，只能硬著頭皮先回：「宋妤。」

現在的局面就很尷尬。

馬甲掉了一半。

親兄妹這層關係被溫清佑挑明了，失憶的劇情還在繼續。

繼續演下去也不是不可以，可一想起剛剛在機場那種熾烈的期許，那種良心被譴責的愧疚，那種不想做渣女的心情——

溫妤閉了閉眼，一橫心，衝動地想坦白自己姓溫這件事。

「哥哥，其實我的名字……」

蔣禹赫的手機這時不合時宜地響了。

他連著車用藍牙音響，接聽後通話內容清晰從音箱裡傳出來。

「蔣總，黎蔓在法律單元劇劇組不知發了什麼瘋，把人家一個女演員的頭給砸了，現在事情還壓著，對方要報警。」

蔣禹赫皺了皺眉：「我是警察嗎？」

「不是，我就是想問問我們要不要——」

「我說過這個人的事不要再在我面前提一個字你是聽不懂人話還是不想幹了？」

蔣禹赫很不耐煩地掛了電話。

而後轉過身問溫妤：「你名字怎麼了。」

溫妤咽了咽口水：「……沒，沒什麼。」

儘管之前已經見識過蔣禹赫如何對待試圖利用他的黎蔓，但眼下再看到他眼裡對那個女人的厭惡和冷漠，溫妤還是退縮了。

蔣禹赫卻並未發現她的異常，「宋魚？什麼 yu？」

溫妤小心翼翼回答，「婕妤的妤。」

「那說明你潛意識裡對過去是有記憶的。」蔣禹赫說，「不然怎麼取名字都取相同發音的字。」

溫妤手心沁出了薄汗：「……嗯，可能吧。」

溫妤起初以為蔣禹赫會問她很多問題，但沒想到這一路上，他也就問了一個名字而已。

其他的，他好像都不感興趣，也不想知道。

就好像做了場奇妙的夢，一天之後，溫妤又回了這個家。

進門那一刻，十二姨看到她愣了下，而後一臉欣慰地對著蔣禹赫擠眉弄眼，一種「我們家少爺就是有出息總算把人追回來了」的自豪表情。

十二姨過來親切地握住溫妤的手：「你下次可別就這麼走了，我一晚上沒睡好。」

溫妤很感動，沒想到十二姨對自己的感情這麼深，正想開口說兩句感謝的話，十二姨又痛心道：「主要是被少爺吵的，他昨天坐在客廳看了一夜的《黃色生死戀》。」

蔣禹赫：「……」

溫妤：「……」

好傢伙，溫妤覺得十二姨應該去說相聲，這抖包袱的本事誰都趕不上。

《黃色生死戀》就是那天十二姨看的那部兄妹倆談戀愛的狗血電視劇。

現在這個節骨眼提起來，怪尷尬的。

然而十二姨的語出驚人只會遲到，不會缺席。

她興之所至，繼續追問：「少爺你昨天看到結尾了沒有，那兄妹倆最後在一起了嗎。」

溫妤開始覺得這位阿姨是不是在故意暗指她和蔣禹赫。

她低下頭，又尷尬地撥了撥耳邊幾根頭髮，蔣禹赫臉色也不是很自然，但還是清了兩下嗓冷冷道：「一把歲數了能不能說點有用的話。」

十二姨：「……」我又說什麼不該說的了？

兩人回到樓上。

原本一路正常的關係和氛圍都因為十二姨這麼一波騷操作而又變得微妙曖昧。

其實到了這個時候，蔣禹赫和溫妤心中都清楚彼此不是真正的兄妹，只是被約束在了一個習慣性的兄妹關係裡罷了。

但一時之間，溫妤也的確還沒有接受這種身分上和情感上的轉變。她對自己與蔣禹赫，以及蔣禹赫與她的這種雙向感情，也還處在一個茫然、不那麼肯定的狀態裡。

畢竟蔣禹赫什麼都沒說過，自己那些心思也才開始萌芽。

走到房間門口，溫妤停下。

兩人都好像都有話想說，但都猶豫現在是不是最適合開口的時機。

於是最後站了幾秒——

「我先休息一下。」

「你先休息一下。」

……

這一天一夜過得太跌宕起伏，躺回熟悉的床上，雖然找回了內心的那種安穩感，可溫妤也很清楚，最初的劇本走到這裡已經行不通了。

當局者迷，為了不想讓自己做出錯誤的判斷，溫妤打電話給尤昕：「你現在有空嗎？」

她手背覆在額頭上，有些無奈，「姐妹我惹事了，需要你的幫助。」

尤昕簽約亞盛後很快就被安排了工作，現在在一部戲裡客串角色，戲份不是很重，溫妤打電話過來的時候她剛好在休息候場。

「怎麼了，惹什麼事了，蔣禹赫知道你在裝失憶？」

溫妤搖頭，沉默了會，「我現在的情況太複雜了，電視劇都不敢這麼演。」

尤昕身上戲服厚，熱，她端著飲料連喝幾口：「說得跟真的似的，我不信。」

溫妤默了默，一樁一樁道：「我親哥哥從美國回來了。」

「蔣禹赫發現了我跟他見面，還是在飯店房間裡。」

「就把我帶回家關了小黑屋，然後——」

她一臉地生無可戀：「吻了我。」

手機那頭，尤昕一口水喝到嘴裡，停住。

頓了兩秒，盡數噴了出來。

好傢伙，原來那天的有個朋友真的是溫妤自己。

她擦了擦嘴，「刺激啊，他怎麼你了？你再說一次，我怕我耳朵出了問題。」

溫妤埋頭：「別說了，我之前一直有種自己在演倫理劇的感覺。」

尤昕短暫地震驚了幾秒鐘後迅速轉化成吃瓜狀態。

「然後呢？」她津津有味地撐著下巴：「你放心，我受過專業訓練，不管多刺激我都受得住，你說得越詳細越好。」

溫妤抬起頭，本想繼續說下去，可驀地從尤昕略猥瑣的語氣裡反應過來什麼，皺眉嚷嚷：「沒有然後！沒有你想的那些！」

不知道為什麼，聽到溫妤玩翻車的樣子，尤昕只想笑。

「好好好，沒有。」

反正遲早也得有。

她一本正經地坐正：「那你現在想怎麼辦。」

「我還沒說完，」溫妤把溫清佑空降蔣禹赫家把她帶走，自己又沒忍住跑回來的事告訴了尤昕，然後嘆了口氣：「反正今天那時候我就是不想回江城，想回來。」

尤昕：「是不是不甘心沒把沈銘嘉沒搞死？」

溫妤很認真地想了幾秒，「不是。」

只是這麼一句否認，尤昕便懂了溫妤的心思。

其實很早之前她就看出了端倪，只是那時溫妤自己察覺不出，旁觀者早就看得清清楚楚。

兩人沉默了會，溫妤忽然問：「你覺得我要是現在跟他坦白的話，被原諒的幾率有多大。」

尤昕搖頭：「我不知道。」

這的確無法給出答案。

蔣禹赫這麼一個驕傲的人，手握無數權勢，全娛樂圈不分男女都拚盡全力想要討好他、往他身上貼的這麼一個人，竟然被溫妤別有用心地碰瓷欺騙了這麼久。

這很難讓人估算後果。

溫妤也沉默地垂下頭，嚴肅思考著這個問題。

「要不。」尤昕建議，「你可以在他心情好的時候或者什麼節日的時候開口，或許能分散掉一些火力。」

節日？

溫妤想了想，「可最近的節日不是婦女節就是清明節，你是想讓我火上加油嗎。」

尤昕嘖了聲，「這不還有馬上就到的情人節嘛。」

說著還意味不明地眨眨眼，「到時候你撒個嬌就說自己只是被渣男氣得一時沖昏了頭腦，再不行你就學他，強吻回去，霸王硬上弓，我就不信他能跟你生超過二十四小時的氣。」

尤昕說得頭頭是道，溫妤卻趴在床上臉紅了一下。

情人節這種節日她還沒過過，腦補了一下那個畫面，怪不好意思的。

「可我倆現在關係還不清不楚的，我就邀請他過情人節，是不是有點不矜持。」

尤昕冷漠臉：「現在是矜持重要還是你獲得原諒小命重要。」

說得也是。

溫妤總算從一團沒頭緒的濃密烏雲裡找到了一點方向，定了定心，「那我先醞釀醞釀，今天都三號了，就十天的事。」

尤昕跟著點點頭，忽然想起了什麼，悄悄壓低聲音：「對了，你之前說的那個沈銘嘉的小三方盈，這兩天在我隔壁組拍戲。」

溫妤一愣：「真的？」

上次蹲飯店沒抓住他們，這次倒是蹲到她在影視城了。

溫妤直覺這應該是一個可以利用的機會，但念頭在心裡轉了兩下，她又抓了抓頭髮，「算了，我先把眼下最麻煩的事解決了再說。」

不過頓了頓，她還是叮囑尤昕：「你要是有機會幫我勾搭一下她，先勾搭著，我總會有用。」

「行。」

差不多快聊完時，十二姨過來敲門要溫妤下去吃飯。

不知是不是為了慶祝溫妤回歸，這頓晚餐格外豐盛，溫妤和蔣禹赫也和平時一樣入座就餐。

大家臉上都很平靜，好像之前幾天的事都沒發生過，這只是他們兄妹倆最普通平凡的一天罷了。

直到吃完晚飯。

溫妤回到樓上，蔣禹赫在她進門前叫住了她。

「魚魚。」

溫妤轉過去，看到男人朝她慢慢走過來，眸裡有些不一樣的情緒。

似乎這次是真的有話要說。

莫名地，溫妤感覺臉又開始燒起來了。

可她卻沒辦法控制這種熱度蔓延。

她默默往房裡退了一步，人抵在門背後，試圖把自己臉頰的那點緋紅掩藏在黑暗裡。

蔣禹赫當然注意到了她這個細節，以為是自己那晚的行為給她留下了一些不好的回憶，便止步不再向前。

事實上，他也在尋求一種新的，和溫妤之間的相處方式。

從溫妤對美國親人的態度可以大致聽出，溫妤的回來或許是因為她失憶後一直住在蔣家，已經產生的習慣和依賴使然。

她不想面對陌生的過去，這已經是蔣禹赫的優勢。

因此他對那個男朋友的事情根本沒有問，無論溫妤有沒有被溫清佑告知這個人的存在，都無所謂。

她既然回來了。

這一次就必須是自己的了。

兩人保持著一段距離。

「我是想告訴你。」蔣禹赫淡淡說，「有些事如果你暫時還不能接受……」

「你還是可以先把我當哥哥。」

溫妤反應了兩秒，眨眨眼：「哪種哥哥啊？」

話剛說出嘴她就想敲昏自己。

啊啊啊你在問些什麼弱智問題！

別回我別回我，就當什麼都沒聽到。

溫妤馬上想說點別的掩飾過去，蔣禹赫卻乾脆地回她：「哪種都可以。」

「……」

&

溫妤後來回房間回味了很久蔣禹赫的話。

很奇怪，這種躺在床上反覆咀嚼一個人說過的每個字的行為，過去和沈銘嘉談戀愛的時候溫妤從沒幹過。

沈銘嘉追溫妤的時候，就是特別體貼，什麼事都樣樣俱到地提前想好。

換做現在再回看，其實就是所謂的舔狗。

然而就是這種舔狗行為，成功騙到了溫妤。

溫妤沒談過戀愛，從小哥哥離開，爸爸工作忙又很少陪伴，她的生活裡第一次出現了一個對她那麼體貼、那麼好的男性，完全填補了她情感世界裡對男性的所有想像。

沈銘嘉就那樣走進了她的世界，成為了所謂的男朋友。

現在溫妤回憶起來，從一開始，她對那個男人就沒有過心跳加速、臉紅心跳的時候。

儘管沒有，懵懂的她依然付出了在當時來說所有的真心，最終換來的卻是欺騙和背叛。

但現在，溫妤真實體會到了蔣禹赫在自己心裡那種完全不同的感覺。

似乎一切都從那個吻之後變了。

溫妤反覆想著他說的話。

「哪種哥哥都可以。」

哥哥還能有很多種嗎……

這話說得模稜兩可，耐人尋味極了。

溫妤拿枕頭蒙住自己的臉，忽地又想起這句之前的那句。

「有些事如果你暫時還不能接受，還是可以先把我當哥哥。」

溫妤總覺得這句話有哪裡不太對，仔仔細細反應了好一會才品出了微妙之處。

先把我當哥哥？

這個先字就用得很微妙。

哦，先當哥哥，後面要是不想當了呢？

你倒是把話說完啊。

啊啊啊啊啊啊。

溫妤在床上滾來滾去，一會被自己發散猜測的某些念頭搞得抿唇偷笑，一會又嚴肅地盤腿坐起思考人生。

主要是思考自己十天後自首時刻的畫面。

別說是蔣禹赫，但凡一個正常人聽到自己被騙了這麼久後都絕對會生氣，但——只要溫妤的強吻來得快，生氣就一定追不上她。

一！定！

溫妤被尤昕的雞湯灌得信心十足。晚上十點，思考完人生的她正要熄燈睡覺，溫清佑打來了電話。

「回去了？」

溫妤：「嗯。」

兄妹倆電話裡靜默了幾秒，最終溫清佑無聲地嘆了嘆，「你非要回去撞一下南牆我也攔不住。」[1]

溫妤知道這次是自己執意選擇，但她既然已經決定了，就不會後悔。

1 不撞南牆不回頭：形容固執己見、不聽勸。

頓了頓，她問溫清佑：「那哥哥你打算什麼時候回美國。」

「原本是想看了爸爸就回去，但現在我改變了主意。」

「怎麼？」

電話那頭，溫清佑意味不明地輕笑，「可能是被你感染了，我想留下來一段時間到處看看，希望……能找到那個讓我再選一次的機會。」

溫好不是很懂溫清佑的話，但聽到哥哥暫時不會離開還是很開心，「太好了。」

「而且如果到時候你和蔣禹赫萬一，」溫清佑頓了頓，用詞很謹慎，「我是說萬一，你們鬧翻了，哥哥還要留下來做你的後盾。」

「……」

溫清佑年齡比蔣禹赫還要大兩歲，又在國外打拚那麼多年，不管是思想還是閱歷都比溫好要成熟很多。

他的話也讓溫好也從那種完美的幻想中冷靜下來。

尤昕和溫清佑，一個樂觀至極，一個謹慎保守。

但已經走到這一步，不管最後是哪種結果，溫好都會去面對。

畢竟自己碰過的瓷，怎麼樣都要還回去的。

第二天，明明是跟往常一樣再普通不過的一天，溫妤卻覺得一切都在不知不覺中發生了改變。

最明顯的，便是那種微妙的心境變化。

吃過早餐，她照常和蔣禹赫一起去公司上班，經過這段時間的耳濡目染，溫妤多多少少也學到了一些皮毛，只不過想要深層掌握蔣禹赫那些投資經驗，也不是一時半會的事。

兩人如常在車上隨意聊著天。

「哥哥，今天是週一，你是不是要開例會？」

「嗯。」

「對了，《尋龍檔案》是不是要官宣了？」

「嗯。」

「……」

溫妤感覺被忽視了，略不悅地表示了抗議，「你就只會對我說嗯字嗎。」

蔣禹赫轉過來看著她，剛要開口，老何忽然踩了一個急剎車，衝勁太大，溫妤被慣性推得向前急衝，眼看就要撞到前排副駕駛的後背上，蔣禹赫倏地伸出手擋了過去。

溫妤的臉頰穩穩貼在了蔣禹赫的掌心裡。

觸感微涼，又像帶電似的，把溫妤從臉到身體迅速麻了一遍。

她莫名慌亂，趕緊坐直，還好老何這時連連道歉：「對不起老闆，對不起！突然有個行人跑出來。」

完美打破了《黃色生死戀》前奏響起的曖昧氣氛。

蔣禹赫收回手，淡淡看了溫妤一眼，「下次再不繫安全帶就別坐車了，自己走路上班。」

溫妤有時候的確犯懶，坐後排會忘了繫安全帶，但蔣禹赫這一大早地就兇自己——有沒有搞錯，我昨天才拋棄了親哥哥來找你，就這樣？

溫妤嘟噥了兩句，驀地也別開臉威脅道：「下次再對我這麼兇，不要你做哥哥了。」

蔣禹赫：「……」

誰想做你哥哥。

但他還是被威脅到了。

緊了緊領帶，忽然靠到溫妤這邊，整個身體俯到她身側，抽起她座位的安全帶並幫忙繫好。

男人的西裝線條冷厲俐落，身上的味道卻莫名的柔軟，若有似無地傳入溫妤呼吸裡，勾引著她。

儘管心跳撲通撲通，溫妤卻還是讓自己故作鎮定地看著窗外。

別指望幫我繫了個安全帶就能帶過你剛剛態度惡劣這件事。

溫妤能感受到蔣禹赫在看她的後腦勺。

但她就是直直看著窗外，保持四十五度望天的姿勢。

不知過去多久，蔣禹赫才輕笑一聲，「你看什麼。」

溫妤：「帥哥。」

十字路口側面剛好是一棟商場大樓，上面的ＬＥＤ螢幕上正播放著一個男明星的廣告。

其實溫妤原本並沒有在看，可隨口那麼說了後，就朝那裡看了過去。

不看還好，一看差點吐了。

大螢幕上放的竟然是沈銘嘉的廣告！

溫妤現在十分想重金求一雙沒有朝大樓看過去的眼睛。

蔣禹赫也順著她的視線看到了這個畫面，頓了頓，什麼都沒說。

兩秒後。

淡淡地，不動聲色地，伸出手。

朝前扳正了溫妤的頭。

溫妤：「……」

身後喇叭聲忽然急促地接連響起，綠燈亮，老何不知在神遊什麼，視線也從那塊大螢幕上收回，抱歉地看著後視鏡：「對不起老闆。」

溫妤覺得不對勁，「何叔你是不是不舒服啊？」

老何搖搖頭，「沒事。」

兩人到公司後，甯祕書依然先把蔣禹赫今天一整天的工作做了一個匯報，溫妤聽著他密密麻麻的行程都覺得累。

當總裁不容易，風光背後付出的是比別人多數倍的努力和忙碌。

甯祕書匯報結束後，蔣禹赫卻說：「晚上的應酬推掉，我有安排。」

「好。」甯祕書沒有問蔣禹赫是什麼事，她是祕書，服從老闆的決定即可。

溫妤卻好奇多嘴問了句，「哥哥你有什麼安排啊？」

蔣禹赫看了她一眼：「去聽音樂會。」

「……」

真沒看出來您還有這種高雅的愛好。

溫妤便理所當然地開始等他說下一句。

然而等了半天也沒聽到他說要帶上自己的意思。

溫妤好幾次想問一問，又覺得要是自己主動問的話，好像顯得她迫不及待要跟他出去似的。

便閉了嘴，自己悶悶地坐在一旁看文件。

誰知過了幾分鐘，蔣禹赫忽然說：「今天跟我一起去。」

啊啊啊等到了！

溫妤唇角已經悄悄翹了起來，卻還是故意擺架子，咳了聲：「哦，等我看一下檔期。」

蔣禹赫：「？」

他直接把她拎了起來，「跟我去開會還要看檔期？」

溫妤：「……」

蔣禹赫你沒有心。

&

終於，繼「辦公室娘娘」這個風靡全公司的稱號後，今天溫妤又成功晉級為「會議室娘娘」。

老闆開會第一次讓一個女人坐在身邊旁聽，前所未聞。

就連溫妤自己都沒想到蔣禹赫會帶著她一起來開會，還是坐在了他旁邊的位置。

長這麼大，第一次參與這種看起來特別正式的會議，溫妤小心翼翼，坐得筆直端莊，生怕哪裡做得不好丟了蔣禹赫的臉。

今天的會議除了正常的一週總結和匯報外，最重要的項目便是商討即將在下個月到來的第三屆影視文學版權拍賣大會。

這些年ＩＰ發展盛行，每一年的ＩＰ拍賣大會都是眾多投資方、影視公司、娛樂公司聚焦關注的重點。

亞盛這樣的娛樂龍頭更是不會例外。

溫妤仔細聽他們討論著即將參與拍賣的幾十個項目，分析著每一部作品的利弊和市場前景，儼然一副公司高層的樣子。

會議結束，回到辦公室，被連環灌輸了三個小時文化項目的溫妤有些暈，蔣禹赫側目問她：「聽累了？」

溫妤搖搖頭。

「那你聽了半天，覺得我會競拍哪部。」

來了來了。

又來隨機課堂測驗了。

溫妤打起精神，眨了眨眼：「答對了有獎勵嗎？」

蔣禹赫漫不經心靠到背椅上：「你答了再說。」

溫妤今天是真正用心聽了的，也有在觀察蔣禹赫的表情變化。頓了頓，她試探著說：「是那部《我愛上你的那個瞬間》嗎？」

這是一部在著名小說網站嘰嘰文學城點擊破億的高分愛情小說。

溫妤說完期待地看著蔣禹赫，然而男人只是意味不明地笑了笑，什麼都沒回。

溫妤知道，他這樣的表情基本就是在給自己面子，不說破自己眼光差罷了。

她便也閉了嘴，老老實實坐在旁邊複習起了會議總結，試圖再看一遍到底哪個才是蔣禹赫心儀的IP。

到了下午五點半左右，旁邊的男人看了眼手錶，忽然闔上所有文件，「走了。」

溫妤正沉浸在知識的海洋裡，還有些沒回神：「去哪。」

「獎勵你。」

「……」

溫妤懵了兩秒，後知後覺反應過來：「我答對了？！」

蔣禹赫嗯了聲，掩住眼底笑意，「的確很難得對了一次。」

啊啊啊啊啊啊啊！

溫妤就跟那種每次考試都不及格，這次終於拿了六十分的學渣一樣，激動得各種手舞足蹈，過了會才想起了重點：「哥哥你要怎麼獎勵我？」

蔣禹赫撈起西裝外套，邊穿邊說：「跟我去聽音樂會。」

「……」

溫妤的興奮忽然全部消失，緊接著被另一種情緒包圍。

呃，他要帶她去聽音樂會？

普通人應該不會一起去聽音樂會吧？

他這算什麼？

總得有個說法吧。

溫妤：「那個，好好的怎麼突然想起去聽音樂會了。」

蔣禹赫：「朋友送的兩張票，不去浪費了。」

溫妤：「？」

？？？？？？？

聽聽，這是人說的話嗎？

溫妤頓時不想去了。

「怎麼。」蔣禹赫見她站著不動，「沒檔期？」

非常有骨氣地鬥爭了幾秒，溫妤轉身朝洗手間走，「等我兩分鐘。」

洗手間裡，溫妤一邊擰水龍頭一邊腹誹蔣禹赫。

怎麼會有這麼討厭的男人，開口就想打死他。

然而就算一肚子忿忿，溫妤還是認真對著鏡子整理起了自己。

等待的這兩分鐘裡，蔣禹赫輕輕走到洗手間門口，斜靠在牆邊看裡面的女人。

對著鏡子，擦擦口紅，抿一抿唇，臉上時不時會有幾個奇怪的表情，好像在練習什麼。

他低頭笑了笑，又走開。

內心卻緩緩漾開一抹說不出的放鬆和愉悅。

簡單吃了晚餐後，老何送兩人去音樂會的現場。

今晚算是溫妤和蔣禹赫認識以來，兩人第一次出來玩。

就算上次在望江橋也還有厲白跟著，這次不同。

完完全全就是他們兩人。

還是一起去聽音樂會。

怎麼想怎麼看都怪曖昧的。

有點像……傳說中的約會。

這個詞剛在腦子裡冒出來溫妤馬上就否定了。

不，這個男人只是不想浪費票而已。

她就是個陪聽的工具人。

一想到人生中第一次被男人邀請聽音樂會是因為不想浪費兩張票，溫妤的那些蕩漾的小情緒又瞬間收了回來，默默嘆了口氣。

車窗外，光影流連閃過車內，溫妤就那麼趴在窗口，時而憧憬時而落寞時而嚴肅的表情被蔣禹赫盡數看在眼裡。

蔣禹赫不知道她在想什麼。

但就這樣，可以靜靜看著她每一個嬌俏的鮮活表情，已經足夠。

蔣禹赫帶溫妤來聽的是劉團長所在的愛韻交響樂團在京市舉行的新年音樂會閉幕最後一場。

說白了，也是亞盛旗下在營運的演出。

亞盛雖然主打影視，但在音樂、遊戲、文化輸出等等方面都有涉獵。尤其是各類交響演奏會、歌劇等符合上流社會高雅品味的演出，更是幾乎包攬了市場。

老何把他們安全送到後便把車停在停車場等著。

溫妤剛走到入口，忽然發現手機掉在車上沒拿，又轉頭說：「哥哥你先進去，我去拿一下手機就來。」

蔣禹赫剛想說讓老何送過來，溫妤人已經跑了。

他只好一個人先進了場。

那頭，溫妤非常迅速地下了樓直奔停車場，到車前拉開車門拿起手機正要走，忽然發現了不對勁之處。

何叔眼睛紅紅的。

她彎了彎腰，繞到前排：「何叔你怎麼了？」

老何忙擦眼睛，又笑了笑，「沒有，眼裡剛剛進了沙子。」

溫妤哪裡是那麼好糊弄過去的，想起早上開車時老何的心不在焉，再加上現在的樣子，她篤定老何有什麼瞞著她。

正如那支捨不得丟掉的手機，溫妤早已把老何當半個親人，這下看到他遮遮掩掩更是直接坐到副駕駛上，各種安慰勸說後，總算得知了老何這樣的原因。

「茵茵媽生病了，去醫院查出來要做個手術，手術費要八、九十萬，本來這些錢家裡擠擠湊湊再借一點能拿出來，可前幾天我去領錢才發現戶頭裡只剩下二、三十萬，問了才知道是茵茵把錢拿去給她喜歡的一個明星過生日去了，說是粉絲集體出錢包個四百萬的紅包給他。」

老何說到這又是沒忍住紅了眼睛。

茵茵還在上學，何嫂身體不好，他是一家三口的主要收入來源。

溫妤頓時就想到了早上老何盯著那塊看板走神的原因，仔細想了想，沒錯了，前幾天好像就是渣男的生日。

她頓時無語，「茵茵也那麼大了，怎麼做點事沒腦子？」

老何哽咽著說：「我也這麼問她，她說是什麼後援會的硬性規定，她又是個什麼幹部，要帶頭……」

帶你媽的頭。

溫妤氣得拳頭都硬了，「去要回來不行嗎。」

「我打聽到那個明星拍戲的地方，昨天去求過他經紀人了，我說我們家情況特殊等著錢救命，可他們說這種事都是粉絲自願行為，他們不管。」老何說著難過地埋下頭，「我白天想開口跟老闆借錢，可說不出口。」

這經紀人的嘴就是沈銘嘉的意思吧，他那麼個自私虛榮又沒良心的人，這種事絕對幹得出來。

蔣禹赫這時打來電話催問溫妤怎麼還不上來，溫妤定了定心，只能先安慰老何：「你先別急，我有朋友認識茵茵喜歡的那個明星，我請人幫忙問問，應該能要回來。」

老何眼裡終於有了一絲希望，「真的？那太好了，謝謝你小魚！」

渣男是缺錢缺到瘋了嗎，竟然要以過生日的名目讓粉絲集資送錢給他。

真是壞透了。

溫妤頭都被氣疼了，拿著手機回到音樂會廳裡，蔣禹赫已經坐在了位置上，正低頭看著節目表。

看到他的那一刻，溫妤終於知道了人與人的區別。

有些人哪怕是精修過的照片登在看板上，都能讓她瞬間反胃。

而有的人，就是那麼隨意地坐在那，就像一幅完美的畫似的，讓人目不轉睛。

「你要站在走道上聽？」蔣禹赫看到了她。

溫妤驀地收了收自己的眼神，鎮定坐到他身邊，頓了幾秒，也拿起座位上的節目表假裝欣賞起來。

「咦，是愛韻樂團？」溫妤看到熟悉的名字，「我聽過他們的演出欸！」

而且就是在那場音樂會上，我送了紙條給你，不然你可能已經被人家睡了知道嗎！

溫妤沾沾自喜了幾秒，等察覺到身邊一股注視著自己的目光後才倏然反應過來——靠，嘴又溜了！

蔣禹赫頗有興致地曲肘看向她：「你什麼時候聽過？」

「……」

溫妤垂眸思考了兩秒，迅速給出了自以為的滿分答案：「電視上。」

「是嗎。」蔣禹赫眼中意味卻更加不明：「可愛韻是商業樂團，從來沒上過電視。」

「……」

差不多行了吧大哥。

我一不小心嘴溜了而已你要不要這樣咬住我不放？

「那我可能記錯名字了。」溫妤十分淡定，說完還強調了下，「這種樂團都叫什麼愛樂、愛韻、愛你愛我愛他的，分不清楚很正常。」

說完偷偷瞟一眼蔣禹赫，卻剛好撞上他看過來的目光。

不說話，不反問，就那麼直直地，帶著點探究的看著她。

溫妤本來就在故作鎮靜，看到這個眼神後更加有種被看穿了的心虛。

但越是心虛，就越要穩住。

溫妤馬上挺直胸脯，做出一副眺望舞臺期待的樣子：「開場是拉赫曼尼諾夫的《E小調第二交響曲》，哥哥你聽過嗎，我——」

「是跟男朋友來聽的？」

溫妤正亂扯話題，忽然聽到這麼一句，話頓住。

她愣了愣，扭過頭來，「什麼？」

音樂會還沒開始，高雅的場合，連周圍進場的觀眾都格外注意氛圍，一點聲音都沒有。

溫妤就這樣看著蔣禹赫，看似一臉的無辜茫然，實則內心已經慌如燒開的水。

他在說什麼男朋友？

他知道沈銘嘉了？

不對，知道了還能這麼跟自己說話？

那他這話什麼意思？

兩人互相看著對方，就這樣僵持了幾秒後，蔣禹赫似乎對那個問題沒了興趣，淡淡移開視線，

「沒什麼。」

溫妤張了張嘴，心情被他弄得像雲霄飛車似的忽上忽下，茫然地看了會舞臺，腦子裡嗡嗡的，連劉團長什麼時候過來的都不知道。

還是人家先對她打招呼：「小魚你好啊，好久沒見，最近怎麼樣了。」

溫妤這才轉身看到了坐在蔣禹赫身邊的劉團長。

她禮貌地笑了笑，「謝謝，挺好的。」

劉團長點點頭，「那就好。」

今晚是自己的樂團演出，蔣禹赫親臨現場，劉團長這個團長怎麼都要過來打聲招呼。

幾句客套話後，他想起了什麼，忽然問蔣禹赫：「對了，上次您要找的那個女人找到了嗎。」

好像被觸發到了什麼不得了的關鍵字，原本在看前面的溫妤驀地把頭轉了過來。

幽幽盯著蔣禹赫。

蔣禹赫輕咳一聲，淡淡答劉團長：「你去準備吧。」

其實這個回答已經在暗示劉團長剛剛的話題可以結束了，然而劉團長也是個耿直人，直接滔滔不絕開麥——

「是這樣，我前不久去一個同事家做客，才知道那次的演出他特地錄了半個小時的影片，待會我就讓他把影片寄到您信箱，您仔細找找那個女人在不在。」

蔣禹赫：「……」

聽完音樂會回去的路上，誰都沒有提劉團長說過的話。

溫妤沒問，蔣禹赫也沒解釋。

好像從來沒有人在他們面前說過——「您要找的那個女人」這件事。

回到家後，溫妤自己回房關上了門。

有一點點說不出的不愉快。

蔣禹赫要找一個女人這件事她有印象，那次回江城厲白就告訴過她，說老闆找了一個女人很久。

當時蔣禹赫還去跟趙文靜見了面。

雖然最後那場見面被自己攪和了，可是剛剛聽劉團長的話裡的意思，蔣禹赫好像還對那個女人念念不忘。

也就是說，趙文靜可能根本就不是蔣禹赫要找的人。

再換句話說，原來蔣禹赫心裡還藏了個得不到的白月光。

這邊吻了自己，說要做任何意義上的哥哥，那邊還在捻花惹草，水性楊花！

而且明明知道自己聽見了，也不說點什麼，那不就是默認了嗎？

果然男人都沒有一個是好東西！

溫妤也不知道自己在生什麼氣，但她後知後覺地發現，這種感覺跟當時自己以為蔣禹赫偏袒桑晨時一樣。

一樣的不開心、不舒服、哪裡都不對勁的感覺。

她悶悶不樂地趴在床上，微信忽然滴一聲響。

溫妤還以為又是沈銘嘉來騷擾自己，誰知拿出來看了下——

Jyh：【來一下書房。】

？

你叫我去就去啊。

那豈不是很沒面子。

溫妤回他：【有事嗎？〔微笑〕】

【嗯。】

多說幾個字是會死還是怎麼樣。

溫妤雖然嘴裡說著不願意，身體倒是誠實得很，踩著拖鞋就開門走了過去。

蔣禹赫坐在書房辦公桌前，見她站在門口，示意道：「過來。」

溫妤不知道叫她過去幹什麼，走近看到蔣禹赫電腦開著，以為他剛剛在看劉團長傳來的影片，假笑兩聲。

「哥哥不會是叫我過來幫你一起找那個漂亮姐姐吧？」

十分陰陽怪氣了。

蔣禹赫放下手裡的筆，往背椅上靠了靠，看著她：「哪個漂亮姐姐。」

誰知道你要找的女人是誰。

溫妤才不想回答這種問題，不樂意道，「那你找我來幹什麼，快說，我準備洗澡睡覺了。」

沉沉望了她幾秒，蔣禹赫下巴指著身邊的位置：「站到這來。」

一副上前聽訓的架勢。

溫妤想了想，自己今天沒犯什麼錯啊，不僅沒犯錯還正確回答了他的問題。

難道還是剛剛關於男朋友的事？

溫妤琢磨不透蔣禹赫的心思，忐忑心虛地走上前。

走到面前，卻又聽他說：「轉過去。」

溫妤：？？？

她沒有馬上轉身，用一種「你是不是想趁我不注意又像上次一樣不幹人事而且這次還要從背後！」的眼神質疑著蔣禹赫。

男人也察覺到了，片刻靜默後：「我不會把你怎麼樣。」

溫妤馬上眨眨眼：「我沒有說你要把我怎麼樣啊。」

「……」

等於還是他自己此地無銀了。

蔣禹赫懶得與她糾纏，直接起身把她擰了過去，「站好別動。」

溫妤便就那麼站著，想等著看這位哥哥又要搞什麼鬼。誰知剛過去幾秒，她便察覺到鎖骨繞脖子那一圈的皮膚被一抹冰涼覆蓋住。

緊接著又有溫熱的觸感掠過頸背。

是蔣禹赫的手，在她頸背處若有似無地摩挲。

這種接觸溫妤措手不及，一道道細微的電流迅速劃遍全身。

怕被男人發現她的反應似的，溫妤忙垂下發熱的臉，這才發現自己頸間多了一條晶瑩的項鍊。鍊子的吊墜是一顆很小很小的紅寶石。

曾經是各類奢侈品牌ＶＩＰ的她很快認出了項鍊的品牌。

不知道蔣禹赫送自己這條項鍊是什麼意思，但這個款式，溫妤很清楚品牌推出時宣傳的文案。

這是某珠寶品牌今年推出的「難忘」系列，紅寶石點綴在胸口，彷彿一粒朱砂痣，讓人纏繞心間，久久難忘。

他是在暗示什麼嗎？

「可以了。」扣好鍊子後蔣禹赫說，「轉過來。」

已經在心裡解讀了項鍊背後意義的溫妤先入為主地有了某些不純潔的想法，轉過來的那一刻已經無法直視蔣禹赫的眼神。

她微微垂著頭，視線剛好落在男人的黑襯衫上。

他襯衫解了顆扣子，看起來比白天辦公室裡的他多了幾分散漫。溫妤的角度能看到領口處男人忽隱忽現的鎖骨，順延往下，又不可控制地腦補出曾經看過的他裸著的上半身。

感覺到自己好像想得有點不對勁，溫妤趕緊拉回思緒，定了定心問蔣禹赫：「幹嘛突然送項鍊給我啊。」

蔣禹赫坐回位置上，答得很隨意：「想送就送了。」

其實這條項鍊是當時去江城之前，蔣禹赫讓人從專櫃買回來，準備和趙文靜見面後送給她的。

蔣禹赫承認自己內心對那個送紙條的女人有種念念不忘的感覺，當時排除掉了所有現場女性後，趙文靜是唯一一個可能對象，所以他買好了禮物。

只是沒想到，見面後，一切都不是他想的那樣。

對方儘管身上有一樣的香水味道，穿著差不多風格的衣服，但不知為什麼，蔣禹赫就是覺得感覺變了。

她不像她，又或者，是不像自己想像中的那個人。

因此那條項鍊最終也沒有送出。

而劉團長傳來的影片，蔣禹赫也沒有想要看的打算。

世上有很多緣分，那個女人或許就是在那一霎驚豔了自己，僅此而已。

蔣禹赫深知現在自己心裡誰才更重要。

誰才真正配得起「難忘」這個詞，配戴這條項鍊。

所以趙文靜到底是不是那個女人，那個女人又會不會是別人，蔣禹赫已經不想去求證。

察覺到溫妤嘀嘀咕咕好像並不滿意他這個回覆，他馬上又淡淡補充了一句：「戴好，不許摘下來。」

一副不容置喙的語氣。

溫妤抿抿唇，晚上的事意難平，身上那股陰陽怪氣還沒散掉：「項鍊這麼漂亮，不送給你要找的那個姐姐了嗎。」

蔣禹赫抬了抬眸，平靜道：「我喜歡送妹妹不行嗎。」

溫妤：「……」

「行了，沒事回去睡了。」

成年男女，有些情感雖然很微妙，但溫妤感覺得到。

比如這一刻的項鍊，儘管蔣禹赫什麼都沒說，但她還是能感受到他的誠意。

他其實是在解釋劉團長的事，只不過方式很特別，也很霸道。

是他一貫的風格沒錯，溫妤心裡舒服了也沒錯，但——她忽然也有點愧疚。

這樣一條飽含意義的項鍊讓她這麼一個騙子戴著，猶如千斤重的鐵鍊戴在胸前，又好像絞刑架上的繩子，提前吊住了她的脖子。

溫妤咽了咽口水，想說點什麼，但躊躇許久，最終卻還是沒說出口。

她慢吞吞地轉身，走到門口後鼓起勇氣轉過來，「哥哥，你十四號有空嗎。」

蔣禹赫的表情有一瞬的微妙閃過，「這個月？」

「嗯，我想那天請你吃飯。」

蔣禹赫頓了頓，遙遙看著她：「為什麼。」

「沒有為什麼，就是想跟你一起吃頓飯，順便……」溫妤醞釀了幾秒，聲音心虛地弱下去：「有些話想跟你說。」

這種欲言又止卻被蔣禹赫看成了欲語還羞。

他雙手交握撐在桌面，盯著溫妤看了會，「好。」

這便是給自己自首的日子正式定檔了。

溫妤輕舒一口氣，道了晚安離開書房。

回到自己的房間後，溫妤坐在梳妝檯前，手輕輕撫過鎖骨，感受這條項鍊的溫度。

現在的情況越是和諧，溫妤就越是心虛，總覺得這一切是在提前賒帳，到情人節那天要如何連本帶利地還給蔣禹赫，她真不知道。

溫妤嘆了口氣，越是臨近自首時刻，她越覺得自己跟沈銘嘉沒什麼區別。

一個渣男，一個渣女。

都在欺騙別人罷了。

不，她怎麼會跟那個渣男一樣。

一想到沈銘嘉的名字，溫妤就想起老何在車上暗暗垂淚無助的樣子。

渣男已經不僅是在感情上渣了，連別人治病的錢都要吃，吃相已經難看到了極點。

大概是經過上次那場輿論後急了吧，開始不擇手段能撈多少算多少。

那些奢侈的粉絲應援禮物背後，又有多少個像何叔一樣完全不知情的家長。

太壞了，毫無底線地壞。

想到這裡，溫妤馬上想起了還在醫院裡躺著的何嫂。

這事拖不得，她馬上轉了五十萬給何叔，告訴他錢要回來了，趕緊先去讓何嫂做手術。

頓了頓，又叮囑他這件事別告訴蔣禹赫。

「哥哥已經很忙了，這種小事無謂讓他分心。」

老何對此感激不盡，沒想到一個晚上溫妤就幫他把錢要了回去。

然而做完這些，溫妤並沒有覺得有種幫到了別人的快樂。

她只覺得憋屈。

渣男拿著錢逍遙快樂，她憑什麼分手了還要幫他在這擦屁股。

最初被傷害的那些回憶依然清晰。

溫妤滿心歡喜從商場拿完袖釦後看到的那一幕，以及後來沈銘嘉在飯店房裡對她說過的那些話。

她都沒有忘記。

除了那些嘲諷的真相外，溫妤印象最深刻的便是她問沈銘嘉的那句——

「你以前追我的時候可不是這樣的。」

當時男人回她：「以前是以前，人都是會變的。」

所以——當時的沈銘嘉變了，現在的蔣禹赫會變嗎。

當初渣男對自己又何嘗不是一副情深義重的樣子。

雖然溫妤相信從人品和道德上來說，蔣禹赫一定不是沈銘嘉那種人渣。

可現在溫妤和蔣禹赫的位置反過來了，這次欺騙別人的是她。

蔣禹赫就算與她瞬間翻臉都不需要任何理由。

儘管自己一直樂觀地覺得坦白從寬能獲得他的原諒，可如果他不呢？

他曾經說過，他是商人，不是法官。

到時候他不會幫她去審判沈銘嘉。

而她這三個月來的時間也等同浪費。

這五十萬塊的憋屈讓溫妤越想越清醒——反正已經錯了，也想好了要去坦白這個錯誤，為什麼要把這個錯停下。

她就應該在坦白之前把沈銘嘉徹徹底底料理了，然後老老實實對蔣禹赫坦白一切。

他如果原諒自己，那他們以後都可以好好的。

如果不原諒，她至少完成了一件事。

不至於兩手空，什麼都得不到。

夜晚令人格外清晰冷靜，溫妤從未覺得自己這般清醒過。

甚至只是稍稍花了幾分鐘，一個完美的反殺計畫便在心中逐漸成形。

她拿起手機，找到和沈銘嘉的對話視窗。

聊天還停在兩天前，那時候他懷疑自己的身分，懷疑她是不是真的蔣禹赫的妹妹。

想了想，溫妤這次主動找他：【對不起呀，前兩天我和哥哥吵架了，心情很差，所以一直沒回你，嗚嗚。/(ㄒoㄒ)/~~】

沈銘嘉回得特別快：【不哭不哭魚寶，怎麼回事？】

溫妤花了整整一小時，面無表情地編了段兄妹倆吵架的故事，把一個不喜歡哥哥管束的叛逆妹妹淋漓盡致地演了出來。

她知道自己之前對沈銘嘉並不算熱情，所以先來這麼一段熱身戲，之後的劇情才能叫循序漸進，合情合理。

這邊和沈銘嘉聊完，那邊溫妤馬上聯繫了尤昕，「這幾天能不能找個理由把方盈單獨約出來？」

自從那次溫妤要尤昕注意勾搭方盈時，尤昕有事沒事就跑去隔壁假裝串組玩，已經順利和方盈套上了話。

最主要的是，方盈知道尤昕被亞盛簽了，而且還拿到了《尋龍檔案》的角色，未來前途比她好得多，也有心想要拉攏兩人的關係。

彼此算是各自心懷不軌，恰好看對眼了。

尤昕：「明天方盈他們組拍一場大戲，可能不行，後天吧，她一直想看我《尋龍》的劇本，我有辦法把她騙出來。」

溫妤想了想，多出一天的時間也是好事，她可以準備得更充分。

這次不搞則已，要搞就要徹底把渣男鏟平。

就當是為自己臥底這三個月交一份成績單，一切過去後，溫妤就可以在蔣禹赫面前乾乾淨淨做人。

如果，他還願意給她機會的話。

&

第二天溫妤就跟蔣禹赫請了一天假，說是想去影視城逛一逛，親自體驗下拍戲現場的氛圍，蔣禹赫覺得這也算是好事，便沒有干涉，隨了她的要求。

這非常寬鬆的一整個白天，溫妤除了繼續釣著沈銘嘉，對他哭訴自己的不開心，表達想要找個男朋友脫離哥哥的管教外，還做了兩件事。

第一，隨機找了一家五星級飯店開了兩個房間。

第二，悄悄去了一趟京市著名的紅燈區。

經過兩天的聊天，到了第三天，沈銘嘉已經成功成為「蔣禹赫妹妹」這個身分最信任的傾訴人。

在這麼一個打得火熱的階段，時機剛剛好。

尤昕在上午傳來訊息給溫妤：【方盈約出來了，下午三點。】

過了會，尤昕還是不放心：【這麼做真的行嗎，會不會出事啊？】

溫妤這次抱著破釜沉舟的心，那五十萬幫沈銘嘉擦的屁股絕不可能白擦，之前種種都算是餐前小菜，她這次鐵了心要把渣男捏死，不能再反抗的那種。

溫妤讓尤昕按計劃行事，另一頭迅速聯繫沈銘嘉，忍著噁心進行最後的對話：【銘嘉gege，剛剛在辦公室又跟我哥吵了一架，我現在想離家出走了，你可以來找我嗎？（哭哭）】

哥哥兩個字溫妤對著他實在是喊不出口，只能用字母代替，反正當下的小姑娘們都喜歡這麼喊。

沈銘嘉雖然這段時間一直撩騷她，但一直很保守，沒說過什麼過分的話。看得出他雖然渣，但渣得還算有腦子。

包括這一刻，溫妤想要騙他出來，他還是暗示著自己之前的質疑：【你要去哪？我是公眾人物，貿然出現可能……不太方便。】

溫妤知道他什麼意思。

畢竟到現在為止，溫妤沒有一樣鐵證能證明自己真的就是蔣禹赫的妹妹。

她瞄了眼就坐在自己身邊的蔣禹赫，好幾次舉起手機想拍一段他的影片，還是下不了手。

背後偷拍利用他已經很沒品，更重要的是，溫妤覺得拿著蔣禹赫的影片給沈銘嘉看，蔣禹赫都會被玷污沾上臭味。

她才捨不得。

想了很久，溫妤往後退了退，偷偷拍了一段蔣禹赫辦公室的小短片，特地心機地拍了牆上的電子時鐘，加深了影片的可信度。

【你不相信我嗎？我現在就在哥哥辦公室，我氣死了嗚嗚嗚，虧我還把你當朋友傾訴，互刪

吧！】

沈銘嘉一看背景牆上兩個碩大的ＹＳ亞盛縮寫馬上就信了。

【好好好，你別生氣，你要去哪，我現在過去找你。】

卡著時間，溫妤假裝生氣地收回了影片，沒打算讓沈銘嘉留下任何證據。

並且馬上欲擒故縱地拒絕了沈銘嘉：【不用了，我找別人陪我。】

到這個時候沈銘嘉已經沒什麼智商了，只覺得自己釣了很長時間眼看就快上鉤的魚兒忽然要跑，他怎麼能甘心。

說盡各種好話後，溫妤才佯裝原諒了般，【我剛剛訂了ＸＸ飯店二〇〇九房，先住一晚，明天飛香港找我姑媽。】

渣男果然沒懷疑：【我待會就過去！】

演員就位，導演怎麼能缺席。溫妤不想錯過自己一手策劃的戲，轉身又跟蔣禹赫請假：「哥哥，我請半天假行不行。」

蔣禹赫皺眉：「又請？」

他問：「今天又要幹什麼。」

溫妤抿抿唇：「我想買點東西。」

見蔣禹赫不說，又扯他的袖子：「求求你了哥哥。」

蔣禹赫拒絕的話都到了嘴邊，對上溫妤可憐巴巴的眼神又咽了回去。

這個女人就是喜歡用這種眼神來耍賴討好達到自己的目的。

偏偏這套在他身上百試不爽。

頓了頓，蔣禹赫冷聲：「這個月最後一次。」

溫妤連連點頭，「別說這個月，今年就這最後一次請假了！」

見她這副樣子，好像要買什麼很重要的東西。

蔣禹赫知道溫妤一向有些小聰明，猜不透她又搞什麼，便也沒多問，「去吧。」

溫妤興奮地離開了辦公室，直奔飯店和尤昕會和。

她提前開好的請沈銘嘉入甕的房間在二〇〇九，而她和尤昕就在對面的二〇一一房蹲點圍觀。

現在是下午兩點半，溫妤已經到飯店了，相信沈銘嘉也不會太遲。

溫妤觀察了會走道的情況，傳簡訊給一個陌生號碼：【待會機靈點，我教你的每句話都記著了嗎。】

那邊很快回覆：【一句五千塊，我怎麼能記不住呀，放心吧姐姐，這種事我擅長。】

尤昕默默看了一眼簡訊，不禁感慨：「這種修羅場你都想得出來，我不得不說一句厲害，沈銘嘉這次絕對完了。」

溫妤出奇地冷靜：「希望如此。」

一人事一人畢，了結了再去跟蔣禹赫自首，就算不被原諒，她至少完成了一件事。

兩點四十五，沈銘嘉終於來了。

他打扮得很低調，帽子、口罩、墨鏡一個不少，到了二〇〇九門口看了看周圍，而後才敲門。

門很快打開，一個年輕漂亮紮著雙馬尾的姑娘嗲嗲地叫了聲：「銘嘉哥哥你真來啦，啊啊你比電視上還帥！」

她身上穿著跨年夜那晚溫妤穿的衣服。

兩人很快關上了房門。

好傢伙。

尤昕看得都不敢眨眼，「你哪裡請來的，這一聲哥哥叫得我骨頭都酥了。」

溫妤笑而不語，頓了頓，算著時間道：「這麼精彩的戲，應該再來幾個觀眾才行。」

尤昕：「？你要幹什麼？」

溫妤不慌不忙地拿起手機，淡定地往外撥出一個號碼。

臨時演員溫妤肯定請不到，而且大家都在一個圈子裡，沒人會這麼瘋，陪溫妤演戲得罪人。

只有紅燈區裡的那些年輕女人，才多的是不顧一切想發一筆橫財的。

毒是毒了點，但大家各為所求，倒也算卑鄙得光明正大。

「催一催方盈。」溫妤打完電話對尤昕說，「是時候該她登場了。」

尤昕：「……」

可能是老天都在幫溫妤，尤昕還沒開催，方盈就到了。

她同樣站在了二〇〇九門口，一如幾個月前，站在她與沈銘嘉偷情房間門口的溫妤。

蒼天可能會饒過誰，可溫妤不會。

你讓我受過什麼，統統都要還回來。

方盈敲了門，門開後顯然看到了與自己想像中完全不符的畫面，先是愣了片刻，接著就失控地變了臉色。

一切都跟溫妤計畫中一樣，以為自己被綠的方盈氣勢洶洶地登堂入室，關著門都聽到她質疑爭吵的聲音。

場面開始陷入混亂。

尤昕看得直嘖嘴，「裡面打起來了吧。」

溫妤想到了當時的自己，自嘲道：「打起來不是更好嗎。」

她指著遠處走近的兩人：「看，觀眾來了。」

走道盡頭，兩個穿著警察制服的男人走向二〇〇九，很嚴肅地敲了門。

這一場戲時間很短，但一波又一波，一重又一重，所有環節都在溫妤嚴密的計畫之內。

她聽到警察說：「你好，我們接到群眾舉報，這裡有人進行違法嫖娼活動，請你們出示身分證件。」

溫妤和尤昕相視一笑，在暗處靜靜欣賞著沈銘嘉錯愕慌張的臉，欣賞著他不知所措的解釋。

但沒用了，就是個局，跳到哪裡都洗不清的局。

房裡的三個人陸續被帶走，周圍幾個房間的客人都聽聞了風聲，有的拿出手機偷偷拍著。

沈銘嘉低頭戴著口罩，試圖儘量掩飾自己的存在，但是沒關係——溫妤這時也走出房間站在了走道上，前面跟在警察後的小女生在背後對她做了個ＯＫ的手勢。她扯了扯唇，趁客房服務還沒趕到，平靜地走進二〇〇九，在電視牆隱匿的地方拿走了自己事先裝好的攝影機。

一切如洪流急速發生，吞噬淹沒後，又結束得這般平靜。

尤昕還沒回神，「就完了？」

「不然呢。」

跟這種渣男多耗一分鐘都是在浪費時間，這次是老何那五十萬終於讓溫妤下了狠心，手起刀落給彼此個痛快罷了。

「我回去了。」溫妤說，「這幾個人的精彩片段我得提前剪出來，他要是敢公關壓消息，我明天就讓他知道什麼叫雷神之鎚。」

尤昕：「……」

回到家的溫妤一頭悶在房間裡匯出錄到的東西，不得不說，請來的小女生雖然價格高，但的確很會，沒幾句話就嗲得沈銘嘉癡笑連連，各種親暱的摸頭殺信手拈來。

之後的大混戰就更是可憐又可笑。

一口氣剪完短片和各種GIF照片已經是下午六點半，溫妤放鬆了下頸椎，手機忽然響了。

是一則二手網站的諮詢訊息：【請問你賣的袖釦還在嗎？】

溫妤一愣，一時還沒反應過來。

後來才慢慢想起，最初破產落魄的時候，她為了不浪費每一分錢，把準備送給沈銘嘉的那對刻著字母J的袖釦拍照掛在了二手網路上售賣。

當時她的標價打了七折，五十萬整。

她今天解決了這個渣男，渣男欠自己的錢也在無形中以另一種方式還了回來。

一切都巧合得宛如天意。

溫妤立即回對方：【還在，你要嗎？】

對方說：【嗯，我很喜歡這個款式，不過你可以把背後的字母J拍個特寫我看看嗎？你的詳情頁面沒有細節圖。】

溫妤忙請他等一下。

接著從抽屜深處翻出了那對袖釦，放在化妝台前認真拍了兩張照片傳過去。

【你看一下，還有什麼需求告訴我。】

剛打完這行字，樓下哐噹一聲巨響，好像是什麼被砸碎的聲音。

溫妤被這聲音嚇了一跳，下意識就走了出去，看到十二姨蹲在一堆玻璃碎片中，她忙飛奔下樓，「沒事吧十二姨？」

十二姨俐落地撿著碎片，「沒事，被椅子絆了下，手裡的花瓶就飛出去了。」

說著說著忽然不安：「該不會是要出什麼事吧。」

畢竟作為一名專業管家，她這些年從沒失手摔過什麼東西，今天是第一次。

「哪來的什麼事，這不就是意外嗎。」

溫妤安撫著總覺得這是個不祥預兆的十二姨，等幫忙收拾好地面後回到樓上，才發現蔣禹赫不知什麼時候從地下室電梯上來了，現在站在自己房裡。

溫妤心情好，對他愉悅笑道，「找我嗎哥哥？你今天下班怎麼這麼──」

「早」字還沒來得及說出口，溫妤話就卡住了。

她臉上笑意瞬間全失，眼睛直直看著蔣禹赫手裡的東西。

男人就站在化妝台前，指間若有所思地玩弄著那對小玩意兒，見溫妤回來，轉過身看著她。

眼神有點微妙。

「下午就是去買這個了？」

溫妤：「……」

第十章　你有什麼是真的嗎

蔣禹赫從地下室電梯直升二樓，本想去自己的書房，沒想到走至溫妤房前看到門開著，隨意叫了聲名字，沒聽到有人應，才走了進去。

誰知進來人沒看到，倒是一眼看到了她放在桌上的那對精緻袖釦。

他原本並未在意，都已經轉身準備要走，忽地才反應過來。

袖釦？

她買袖釦幹什麼。

蔣禹赫隱約覺得不對，又折返回去拿到手裡看，袖釦是黑寶石的，做工非常精緻。

看著看著，他隨意轉了一圈，便發現了刻在背後的字母——J。

J？

自己才送了那條紅寶石項鍊給她，她就買了這對刻著J的黑寶石袖釦？

是不是有些過於巧合。

正當他若有所思的時候，溫妤回來了，且看到袖釦被自己拿在手裡後神色明顯有些不自然。

好像，不是很想他發現這個東西。

蔣禹赫問她：「你下午就去買這個了？」

溫妤嘴動了動，一秒鐘之內腦中閃過無數種說詞，但似乎都無法解釋袖釦出現在這裡的原因。

這是男性配飾，總不能說是自己用的。

而且背後那個J字母，連往溫清佑身上編都編不過去。

最要命的是，她從蔣禹赫微妙的眼神裡隱隱約約看出——他好像誤會了什麼？

猛然，溫妤反應過來一個驚人的事實──蔣禹赫的名字，蔣，J！

不要啊！

這不是給你的！放下放下放下！

怎麼會那麼巧！

溫妤雖然在心裡瘋狂尖叫，可也深知，到這個份上除了順勢承認，似乎沒有更好的選擇了。

於是只能稍稍管理了下表情，尬笑兩聲，撥了撥頭髮，又微垂下頭，做出一副不好意思的樣子：

「對，對啊……被你發現了，不過這個款式我覺得不好看所以準備拿去換──」

說完就馬上伸手試圖搶回來。

誰知蔣禹赫直接拿開。

「不用了。」他這時的表情十分耐人尋味，「我覺得不錯。」

頓了頓，特地補充問了句：「給我的？」

溫妤一時無言，只能茫然地「啊」了一聲。

蔣禹赫把兩個袖釦握在手裡，似乎很滿意這個答案，輕笑道，「謝了。」

然後錯身離開了房間。

溫妤怔怔地站在原地許久，想起剛剛十二姨摔碎的花瓶，果然──一切修羅場都是有徵兆的。

所以她剛剛為什麼要那麼熱心跑下去幫忙！！

坐回化妝台前，溫妤很無奈地回給剛剛的買家：【東西賣不了了。】

對方：【剛剛不是還在嗎？我都準備付款了。】

溫妤……

但凡你早十分鐘付款成交都不會發生這樣的慘劇。

雖然蔣禹赫陰差陽錯地拿走了想要送給沈銘嘉的袖釦，但溫妤也只是懵了那麼幾分鐘就平靜了。

拿走就拿走吧，五十萬塊錢的事，就當這幾個月繳給他的伙食費好了。

而且到了自首那天自己拿這對袖釦出來賣個慘，說不定還能拉點同情分。

事已至此，都是註定。

袖釦的小插曲就這樣被自我安慰過去，溫妤現在更關心的是沈銘嘉那邊的動態。

晚上七點的時候，請來的小女生傳來了訊息給她：【姐，我們都被放出來啦，不過審問的時候我們不在同一個房間，他沒見到我，我也沒見到他，這時我姐妹把我領走了，罰了一萬塊，我們這單結束了，感謝老闆。】

這筆罰款溫妤早就算在了付給她的薪資裡。

但溫妤一直等到晚上九點，微博上還是一點風聲都沒有。

明明當時在飯店那麼多人都拍了照，竟然半分消息都沒流露出來。

這不正常。

唯一的可能就是，沈銘嘉的團隊已經提前一步在網路上壓消息，並且找關係公關了警方那邊。

溫妤又耐心地等到了晚上十一點，還是毫無水花，她懶得等了，直接在自己的小帳上爆料。

@ｗｗｗ：沈明星今天下午疑似嫖娼被新北區派出所拘留了，最好笑的的是現場還有某位女演員來抓姦，三人混戰，最後都被警察帶走了，真是好一齣大戲呀。

然後附上兩張他在飯店被帶走時的照片。

之前溫妤爆沈銘嘉的料時這個小帳就漲了不少粉絲，這則貼文一發，沒過半小時，轉發已經過了萬。

【不會吧，上次還言之鑿鑿地道歉說自己只是感情沒處理好，我還信了他一次。】

【請博主上鎚說話，不然轉傳過五百可以告你造謠哦。】

【沈銘嘉上次搞粉的事千真萬確卻被壓了下去，現在他幹這種事我一點都不奇怪，等個官方。】

【相信銘嘉！等哥哥出來闢謠！】

溫妤發完微博就洗了個澡上床睡覺，靜等事態進展。

她才不想這麼早就放鎚，磨也要誅心一樣磨死他們。

反正她說的是實話，根本不擔心被人說造謠。

果然，有她帶頭，第二天醒來時，那些路人也都陸陸續續大著膽子發了在飯店拍的照片。

一時間，輿論發酵，各種謠言猜測滿天飛。上午九點，警方不得不出來發了一則通報，沈銘嘉也因此光榮上了熱搜。

#沈銘嘉拘留#

#沈銘嘉方盈#

#沈銘嘉被洗頭小妹欺騙一個月#

看到第三個熱搜溫妤差點笑死。

她興致勃勃地點進去看了眼。

熱搜導語是這麼寫的——

「沈銘嘉日前在某飯店被警方以疑似嫖娼帶走審問，但沈銘嘉堅持自己只是來安慰朋友，在警方瞭解下才得知，沈銘嘉口中的朋友，其實只是某紅燈區洗頭小妹，兩人互加微信後，小妹一直以某集團千金小姐身分自居，沈銘嘉信以為真，兩人屢次交談後相約飯店見面。」

下面的評論更是慘不忍睹。

【渣男翻車現場？太迷惑了吧哈哈哈！】

【一八一八黃金眼：都讓開，這種新聞應該我來報導啊！】

【＃我以為我攀了個富婆誰知上了老鴇的賊船＃】

【這他媽真的是年度最好笑的新聞了哈哈哈哈哈感謝沈銘嘉成為我的快樂泉源！】

再點進其他兩個熱搜，沈銘嘉和方盈的關係也因此被曝光，娛樂圈這麼一個牆倒眾人推的地方，有時候都不需要自己動手，對家也會在這時狠狠踩一腳。

總之現在的沈銘嘉在網友眼裡不僅渣，還蠢。

溫妤慶幸自己沒有讓沈銘嘉留下任何證據，更沒有傳過一張照片給他，所以才可以輕輕鬆鬆全身而退。

怪也只能怪他貪心不足蛇吞象。

滿意地退出微博，溫妤發現有一則新微信，她點開看——

沈銘嘉：【你到底是誰？】

沈銘嘉當然清楚，洗頭小妹怎麼可能會有亞盛辦公室的影片，洗頭小妹又怎麼會打扮得跟他見過的那位「蔣禹赫妹妹」一模一樣。

只是他現在根本不知道怎麼回事，又忌憚著蔣禹赫的身分不敢問，只能吃這個啞巴虧。

溫妤沒理他，把手機丟到一邊，深深吸了一口氣。

神清氣爽！

下樓吃飯，愉快地跟蔣禹赫打招呼：「哥哥早。」

蔣禹赫睨她：「今天很開心嗎。」

「對啊，」溫妤在他身邊坐下，眨眨眼：「因為一起來就看見了哥哥你。」

蔣禹赫：「……」

溫妤視線往下，正想隨便誇點彩虹屁什麼的，忽然發現這個男人今天竟然破天荒地換了淺色系的襯衫，搭配了那對黑寶石袖釦。

她微愣：「你這就戴上了？」

蔣禹赫：「難不成要當傳家寶供起來。」

溫妤：「……」

本來心情挺好的，看到這對袖釦溫妤又被不舒服到了。

偏偏還戴在蔣禹赫身上，那種不適更是貓爪撓心，各種不自在。

「你有那麼多配飾，幹嘛急著戴這個。」

蔣禹赫轉過來看著她，片刻，突然道：「你好像很不想我戴？」

「……」溫妤馬上搖頭，「當然不是。」

算了。

溫妤垂下頭老實吃飯，心想著眼不見為淨，送都送出去了，就當看不見吧。

早上九點，兩人到了辦公室。

溫妤能從那些員工驚訝又驚豔的眼神中確定，蔣禹赫今天一定是第一次穿白色的襯衫。

進辦公室後他脫了外套坐下，跟平時一樣開始瀏覽今天的工作日程。

溫妤就坐在旁邊看著他。

這個男人少有穿白色，今天也是溫妤見過的第一次。

黑色凌厲，總給人一股沉沉的壓迫感和距離感。

但白色不同，溫妤第一次從蔣禹赫身上看到了幾分難得的溫柔。

只是很短暫。

溫柔不過三秒，便被他一貫冷漠的語氣打回現實：「看什麼，我臉上有字還是有錢。」

「……」濾鏡碎了。

溫妤輕咳一聲坐正，「我只是第一次看到哥哥你穿白色，好奇嘛。」

蔣禹赫好像想起了什麼，輕笑道，「我差點都忘了，你喜歡男人穿白襯衫加金邊眼鏡。」

溫妤：？？？

「我什麼時候喜歡了？」

「上次從射箭館回來，不是你說，祁總那樣的白襯衫搭配金邊眼鏡帥氣穩重，祁總充滿了令你遐想的禁欲神祕氣質？」

我隨口胡謅的你也信？

而且都幾個月過去了，連溫妤自己都忘了這回事。

當時是為了不讓蔣禹赫覺得自己過分舔狗，所以反套路地誇了下別的男的。

他還當真了？

「我那是隨便胡說的。」溫妤一本正經道。

「嗯，那天胡說的。」蔣禹赫不慌不忙地問：「那今天呢。」

「……？」

這樣不好吧。

人家可是你的好朋友，你至於這麼小氣非要跟他分個勝負嗎。

蔣禹赫把手頭文件都丟到了一遍，專注看著她：「選。」

「馬上。」

溫妤瞄一下蔣禹赫的眼睛，「說實話嗎。」

聽到這句話蔣禹赫人已經不好了：「廢話。」

溫妤想了想，默默把椅子拉開，與蔣禹赫保持了點距離。然後又拿一本書擋著自己的臉，等這些花俏的小動作都做全了，才小心翼翼回了句：「還是祁總。」

蔣禹赫：「……」

詭異地安靜了幾秒。

蔣禹赫忽然用腳勾住溫妤的椅子，連人帶椅地勾到自己面前，抽開她的書。

「再說一遍。」

溫妤是故意那麼說的，本想開個玩笑逗逗蔣禹赫，沒想到這人反應還挺大。

現在人被他勾著，兩人視線緊在一起，起初還可以說是打打鬧鬧言行逼供，沒一會就多了幾分曖昧不明的味道。

溫妤招架不住這種對視，臉頰也有些微熱。

眼神正不知往哪裡放時，一陣急促的鈴聲幫她解了圍。

響了好一會，蔣禹赫才鬆開腳把她推回原位，又給了一個「待會再收拾你」的眼神，而後接起電話。

是文俊龍打來的。

蔣禹赫一看就知道是為了沈銘嘉的事。這人的熱搜鬧得沸沸揚揚，連他早上起來也被鋪天蓋地的新聞轟炸了。

果然——

「蔣總，銘嘉的事我想幫他說兩句話。」

蔣禹赫背靠在座椅上，雖然在聽著對方說，但眼神卻一直漫不經心落在溫妤身上。

「銘嘉這次是被人設計的，就是圈子裡常見的仙人跳，他真沒嫖，都是被他前女友陷害的，他前女友就是個女神經，家裡破產了之後人可能有點神志不清，總咬著沈銘嘉不放，上次的事估計也是她在背後搞鬼，他——」

蔣禹赫皺了皺眉打斷他：「文導。」

對方話頓住，「啊？」

「上次就已經給過您一次面子，但面子這種東西在我這也不是無限使用的，您應該知道。」

文俊龍嘆了嘆：「我明白，可……」

「我不管背後有什麼原因受什麼冤枉，我是商人，我只看中商品的價值，而這個人現在已經沒有價值了，所以也別再浪費我的時間。」

不等那邊文俊龍再說，蔣禹赫掛了電話。

緊跟著不知又打給了誰，語氣既冷又沉：「沈銘嘉的約不用簽了，在《尋龍》裡的角色也馬上換人，他的所有新聞亞盛都不要參與。」

原本明天《尋龍檔案》就要官宣，還好醜聞在今天爆出，不然到時候蔣禹赫硬著頭皮還得努力去公關一波。

文俊龍是怎麼說來的？

惹上個女神經前女友，破產了腦子不正常。

蔣禹赫嗤笑搖了搖頭，要不怎麼說惹什麼都別惹女人，誰知道身邊的是無害小白兔還是心機女神經。

想到這裡，蔣禹赫又不覺看了眼身邊的溫妤。

還好，這個女人雖然有時矯情造作了些，但至少還算可愛善良。

他悠悠又轉向了她：「繼續。」

然而這時候的溫妤心裡早已跟大江大河般洶湧澎湃。

她剛剛聽！到！了！什！麼！

哈哈哈哈哈哈！

簽約泡湯，角色換人，連蔣禹赫都開口發聲不准再插手渣男的事，基本等同封殺了。

溫妤總算撕掉了沈銘嘉最後的底褲。

而蔣禹赫的果斷，更是無形中幫她助了一把力，這算不算……兩人齊心協力推倒了渣男？

還繼續什麼繼續啊，哥哥最威，吹就完事了：「我剛剛沒說完，雖然祁總穿白襯衫好看，但是他敢穿黑襯衫嗎？他不敢，因為哥哥你才是黑色的代言人，哥哥穿上黑襯衫就是不一樣的煙火，哥哥獨一無二，哥哥一騎絕塵，哥哥……」

「行了。」蔣禹赫也不知道這小嘴抹了什麼蜜，突然又這麼會哄人。

雖然浮誇，但他莫名受用。

以至於剛剛文俊龍那通攪了心情的電話都沒那麼厭惡了。

這時的溫妤百轉千迴，感慨萬千，情緒十分跳躍。

一不小心，視線又落在蔣禹赫手腕處的袖釦上。

不行，這東西噁心她半天了，真沒辦法做到視而不見。

「哥哥，」溫妤伸手撥弄著其中一只袖釦，試探道：「其實我覺得，這個真的不太適合你，要不我去換一款吧。」

蔣禹赫卻淡淡說了一句：「沒必要。」

頓了兩秒：「適不適合，要看是誰送的。」

溫妤：「……」

其實冥冥之中，袖釦到了蔣禹赫的手上，或許真的是註定吧？

註定他的名字也有個J，註定當初這個袖釦沒能送給沈銘嘉，註定兜兜轉轉一圈，袖釦想要給自己找新的主人。

當初溫妤在專櫃取貨的時候，SA問她，「這麼漂亮的袖釦是要送給誰呀。」

溫妤說：「當然是送喜歡的人。」

但溫妤早就把沈銘嘉從自己的世界裡除名了，她不喜歡他，從沒有過。

既然從沒送出去過，對方也沒有碰過這個東西，那溫妤就有重新定義和選擇的資格。

都是J，送給蔣禹赫，送給真正喜歡的人，才算符合最初買它的意義，稱得起真正的匹配。

上天安排的最大，溫妤換個角度去看後，發現這對袖釦非但沒那麼不順眼了，還多了一種神奇莊嚴的宿命感。

她撐著下巴若有所思，「嗯，哥哥說得對。」

蔣禹赫總覺得這個女人今天情緒有些不正常的亢奮，他收拾出了幾疊文件叮囑她：「明天我要出差去一趟蘇城，你如果不想來公司就在家裡，但這些必須全部看完。」

「啊？」溫妤愣住，「你要出差？那什麼時候回來？」

蔣禹赫看她眼裡急切的樣子，好像在期盼著什麼似的，淡淡道：「放心，情人節我會回來。」

溫妤心裡莫名跳了下，尷尬了兩秒，下意識糾正他：「我是十四號約你吃飯。」

「和情人節約我吃飯有什麼區別。」

「……」

沒區別。

溫妤知道。

可這麼直白地說出來我不要面子的嗎！

我一個女人約你出來過情人節你挺得意是不是！

啊啊啊啊啊！

十點，蔣禹赫去會議室開會，溫妤一個人在辦公室冷靜安慰自己——不過是矜持被冒犯了下而已，小事。

對一個經歷了破產劈腿車禍馬上還要去自首的人來說，這點尷尬根本不值一提。

已經百毒不侵了不是嗎，OK的。

你可以。

等蔣禹赫開完會回來的時候，溫妤再一次成功完成了自我疏導。

「今天早點下班。」蔣禹赫處理了幾份檔案後關掉電腦：「我回去要整理一些去蘇城出差的資料。」

「噢。」

溫妤沒有多想，也收拾好東西跟他一起下樓，誰知電梯裡蔣禹赫忽然接了一通電話，說漏了幾份文件要在他走之前過目簽字。

蔣禹赫只好折返，「你在車裡等我，十分鐘。」

「好。」

溫妤便一個人到了停車場。

她低著頭朝蔣禹赫的專屬總裁車位走，才走出沒幾步忽然聽到左側方向有車停下的聲音，接著有人從車裡出來，叫了她的名字：「溫妤。」

溫妤愣了下，轉身去看。

……竟然是沈銘嘉。

他身邊還跟了個男人，不知是誰，看起來挺有氣場。

「怎麼，來找尤昕？」沈銘嘉冷笑著走近。

溫妤沒想到會在這裡撞見他，但這絕不是一個適合兩人會面的場合。

她沒理他，繼續朝前走。

但沈銘嘉哪裡肯這樣放過她，兩步上前粗暴地扯住她的袖子，「你跑什麼？嗯？自己做的那些噁心事以為沒人知道是嗎？」

旁邊的文俊龍好像明白了什麼，馬上拉住他：「算了，別鬧了，趕緊上去親自跟蔣總道歉重要。」

「我到處找這個女人都找不到，」沈銘嘉氣急敗壞地指著溫妤：「是你串通尤昕的對吧？你一直在跟蹤我是不是？看不出來你這麼有能耐，你想整死我是嗎？我告訴你——沒、門。」

沈銘嘉因為昨天的事一夜間被退了好幾個角色，說好的綜藝也被取消，事業幾乎接近毀滅，現在就等著文俊龍親自帶他來蔣禹赫這求個情。

他知道自己平時得罪過的人也不少，圈子裡玩仙人跳陷害的不是沒有，昨天的事是他大意了。

可當時那個微信明明是從蔣禹赫身邊的人手裡要來的。

所以沈銘嘉想了一夜的猜測是——仙人跳應該是自己的對手策劃陷害，畢竟溫妤都破產了，她沒那個本事接近到蔣禹赫身邊的人，更沒可能出入蔣禹赫的辦公室拍到那種影片。

但尤昕把方盈叫來，就一定是溫妤的主意。

只能說，溫妤一直在盯著自己，和閨蜜沆瀣一氣，剛好昨天湊巧全部碰到了一起。

「別以為有尤昕幫你就能把我怎麼樣。」沈銘嘉手指戳著溫妤：「你等著，這件事結束我跟你沒完，你想我死沒那麼容易。」

溫妤聽到這裡沒忍住笑了，「這麼有自信啊？」

沈銘嘉嘴唇微動，正要繼續說什麼，身邊的文俊龍捅了捅他：「別說了。」

他眼神示意不遠處，沈銘嘉看過去，當即收斂了所有神色，畢恭畢敬頷首：「蔣總。」

？？？

溫妤背脊驀地一僵，頭皮也麻了一片。

……您的十分鐘這麼快？

感應到了身後那股熟悉的氣場，溫妤的腳卻好像被定住了似的，想跑卻動不了。

彷彿一團火燒到了自己的屁股前，十萬火急，她卻不敢回頭去看。

蔣禹赫很快走到了幾人身邊。

他看了看溫妤，又看了看沈銘嘉和文俊龍，皺皺眉：「你們認識？」

溫妤覺得自己今天可能要提前交代在停車場了。

她都計畫好了情人節當天要怎麼聲淚俱下，要怎麼營造氛圍，要怎麼一擊即中地拿下蔣禹赫手裡的同情票，萬萬沒想到現在會突然出現這樣的意外。

她要在停車場被審判嗎？

還是在沈銘嘉面前？

不行，在哪崩都不能在渣男面前崩！

溫妤你必須要穩住！

但眼下這個狀況溫妤就算是神仙也解釋不了，總不能說自己和沈銘嘉一見如故，更不可能當著沈銘嘉的面說不認識他，那完全就是遞給他一把刀來插自己。

溫妤急速運轉著大腦，修羅場經歷多了，思維邏輯都習慣了這種應急場面。

也就一秒的時間——她不動聲色地挽住了蔣禹赫。

這是溫妤想出的唯一的自救辦法了。

見招拆招，以退為進。

她這一個動作雖然很隨意，卻明明白白地在暗示沈銘嘉——「看清我挽著誰了嗎，你敢說認識我試試？」

溫妤突然的親暱讓蔣禹赫也微微怔了兩秒，但他只是看了眼挽著自己的修長手臂，臉上並沒說什麼。

安靜須臾，四人微妙的膠著狀態直到文俊龍突然一句「不認識！」而打破。

文俊龍答得還特別乾脆：「恰好在這裡遇到，我們就順便問了下她蔣總您在不在辦公室，想上去拜訪一下罷了。」

但蔣禹赫卻沒那麼好糊弄，「你知道她？」

「當然！」文俊龍自然接話，「劉導跟我提過。」

早前文俊龍就聽劉副導說過，演員選拔複試現場的時候蔣禹赫身邊跟了個女人，看起來地位不一般。

只是他萬萬沒想到這個女人竟然就是沈銘嘉的前女友。

而他，兩小時前才跟蔣禹赫通過電話，稱這個女人是個女神經。

換而言之，他在罵蔣禹赫的女人女神經。

文俊龍反應何其迅速，馬上知道這其中必有很多自己還不知道的彎彎繞繞，他當然不會承認，不僅他，沈銘嘉這時候也必須閉嘴。

他一邊在背後拍著沈銘嘉的背暗示，一邊轉移話題：「不過蔣總您這是要出去？如果是，我和銘嘉改天再來拜訪。」

蔣禹赫淡淡睨了眼沈銘嘉，「沒這個必要。」

接著跟溫妤低低道：「走了。」

溫妤乖巧眨眨眼：「噢。」

兩人挽著走出幾步，溫妤才悄悄回頭，對還沒回神的沈銘嘉挑了挑眉，用嘴型對他比了一個噓。

好像在無聲地宣告著他們這場戰役的結束。

傷害性極大，侮辱性更強。

文俊龍看著蔣禹赫走遠的背影，才緩緩嘆了口氣：「算了，我幫不了你了，你自求多福吧。」

說完獨自駕車離開了停車場。

沈銘嘉呆站在原地，被溫妤回頭的那個表情怔到久久都無法平靜。

他眼前不斷閃現溫妤挽著蔣禹赫的畫面。

反反覆覆，從愕然驚訝，到不斷否認，再到最後不得不承認自己看到的一切。

他難以置信自己現在就像被溫妤不屑一顧踩在腳底的爛泥的事實。

不僅輸得一敗塗地，甚至到這一刻才明白自己被玩弄得多荒唐好笑。

連掙扎反抗都沒了餘地。

&

蔣禹赫城府多麼縝密一個人，怎麼可能會察覺不出溫妤這點小心機。

兩人回到車裡坐定後他便問：「剛剛什麼意思。」

溫妤眨了眨眼裝傻，「什麼什麼意思？」

蔣禹赫垂眸，視線落在自己的手臂上。

溫妤「啊」的一聲，好像才反應過來似的，馬上鬆開自己的手。

「沒什麼，就是剛剛在停車場看到那個渣男明星……忍不住嘴了他兩句起了爭執，看你來了，想你幫我撐撐腰。」

理論上來說，溫妤沒撒謊。

「爭執？」蔣禹赫這一聲反問很微妙，「你之前不還盯著他的廣告誇他帥嗎。」

溫妤：「……」

再一次確定，這個男人的記性不是一般的好。

「哪裡帥了！」溫妤完全代入了自己，「是我瞎了，他都沒有哥哥你萬分之一帥，你沒看新聞嗎，那麼渣的男人我看到他就忍不住口吐芬芳，然後他就兇我。」

溫妤很委屈地強調了最後那兩個字。

蔣禹赫也 get 到了。

轉過頭來，「兇你？」

「對啊。」溫妤很脆弱地眨了眨眼，說得情真意切：「還好你來了，我才下意識地挽了你一下，想嚇嚇他們。」

蔣禹赫盯著她，也不說話。

溫妤不知道這男人什麼意思。

她覺得自己這一通邏輯挺順的，而且就算十四號那天坦白的話，今天她一句都沒撒謊。

除了隱瞞了和沈銘嘉認識的事實，其他字字句句都是真話！

又這樣安靜了幾秒，蔣禹赫才收回目光緩緩轉過去。

溫妤明白這個動作意味著事件的翻篇。

她暗暗鬆了口氣，心裡卻有些微妙的波動。

頓了頓，小心翼翼試探著問，「哥哥，如果哪天……我真被別人欺負了，你會幫我撐腰嗎。」

蔣禹赫卻輕嗤了聲，「誰能欺負到你。」

滿肚子小聰明，不去主動欺負別人都是好事了。

溫妤：「……」

都不知道是在誇她還是損她。

算了，不問了。

這些都是情人節當天他們討論的話題，現在就得過且過，快活一天是一天好了。

蔣禹赫第二天就出差去了蘇城。

沈銘嘉因為熱搜帶來的連鎖效應，口碑、人設都雪崩似的倒塌，任憑僅剩的一些粉絲在網路上努力維護解釋，依舊挽回不了什麼。

但溫妤並沒有因此就放過他。

蔣禹赫不在京市，她更是肆無忌憚，對沈銘嘉瘋狂剿殺。

溫妤把這段日子以來和渣男的聊天紀錄稍微剪輯了下，涉及到蔣禹赫和公司的關鍵字全部打滿馬賽克，然後再次發到了微博上，讓大家欣賞了一波沈銘嘉是怎麼做舔狗的。

老天還是善待溫妤的，雖然自己的手機丟了，找不回過去沈銘嘉為自己做舔狗的紀錄，但換了個身分，這個人還是主動送上了門來。

果然就是做自己舔狗的命。

溫妤現在看他就像一隻喪家之犬，還是被打得起不了身的那種。

聊天紀錄一爆，吃瓜網友對沈銘嘉這個名字的噁心程度更深，紛紛抵制並要求這樣的髒人退出娛樂圈。

十三號下午，蔣禹赫回來的前一天，溫妤約了尤昕一起出來逛街。

「明天他就要回來了，你懂的吧，我現在緊張死了，考大學都沒這麼緊張過。」

姐妹倆一人抱一杯奶茶在商場裡逛，尤昕開始了指導工作：「怕什麼，我早就幫你想好了，男人有兩大弱點。」

溫妤馬上豎起耳朵：「什麼？」

「第一，怕女人哭。」尤昕說：「所以明天你自首的時候狀態一定得是悲傷的，潸然淚下的，引人垂憐的，明白嗎？」

溫妤考慮了片刻，「懂，這招我經常用。還有一個是什麼？」

兩人這時剛好走到一家時裝店門口。

櫥窗裡展現了一件非常漂亮，也性感的黑色吊帶羽毛短裙。

尤昕嘖了聲，「還有一個就在那。」

溫妤順著她的眼神看過去，似懂非懂，「什麼意思？」

「用美色誘惑啊，笨！」尤昕把溫妤拉到裙子面前，「你忘了上次音樂會你穿的那件黑色絲絨裙嗎，真的，你穿黑色性感到爆炸，連我一個女的看了都流口水，更別說蔣總這樣的正常男人了。」

「？」溫妤覺得尤昕不對勁。

「明天你就按照過去你喜歡的那種風格打扮自己，長髮捲起來，風情起來，性感裙子穿起來，到時候你只要看到他有要生氣的苗頭，馬上脫了外套亮出你的 sexy 吊帶裙，我保證蔣總馬上不氣。」

「為什麼？」

「因為……」尤昕側到溫妤耳旁意味深長地說了句話，「所以呀，哪還顧得上生氣。」

溫妤消化了好一會，才張了張嘴，「說實話，你是不是瞞著我拍了不少十八禁的片子。」

尤昕：「這是常識好不好，你要懂得抓住男人的重點，生氣是重點嗎？當然不是，況且明天還是情人節，這個節日已經很妙了，這是老天給你的 buff，你得好好運用才行。」

溫妤懷疑自己真要照尤昕這麼做，明天晚上可能不是在餐廳自首。

而是在蔣禹赫的臥室。

她默默啜了口奶茶，腦補了下某些不正經的畫面，忽然渾身發熱。

「算了，讓你出來陪我逛街，你在這編什麼小黃文。」

溫妤要走，尤昕卻強行拉著她進了那家店，大手一揮刷下了漂亮的黑色裙子。

「姐妹送你的戰袍，別怕，衝。」

溫妤：「……」

「可我今天來逛街不是買東西給自己欸。」

「那買給誰？」

溫妤把蔣禹赫不小心拿走了那對袖釦的事告訴了尤昕，「雖然我已經說服了自己，那對袖釦命中註定就是屬於他的，但我還是想買一件新的禮物給他。」

尤昕點了點頭，贊同道：「沒錯，很有必要。」

於是兩人來到三樓的男性專區。

「蔣總那樣的菁英男性你送啥好？打火機？還是鋼筆、領帶夾……？」

尤昕一邊看一邊建議，半天沒聽到溫妤聲音，回頭一看，那人已經立在一個品牌店門前。

這是一個歐洲的手工皮具品牌。

尤昕啊了聲頓悟道，「不錯不錯，買皮夾是個好選擇。」

然而溫妤搖了搖頭，「不。」

她指著櫥窗一角，「我要買這個。」

尤昕看過去，又看向溫妤，頓了頓，玩味地拍起手來：「玩還是我們妤姐會玩，這個禮物好，我已經有畫面了。」

溫妤懶得理她，朝店裡走：「我沒你想的那麼下流。」

尤昕屁顛地跟在後面笑，「你又知道我說的什麼畫面？唉呀瞧你還臉紅了，不會吧不會吧，這真的是我認識的溫妤嗎。」

兩人在店裡說說笑笑，正在選款式的時候，溫妤的微信忽然響了。

尤昕戲謔道：「是你那位好哥哥嗎？」

溫妤搖搖頭，直接按下語音給尤昕聽——

「溫妤你他媽的，你就是個毒婦，做這麼多缺德事活該你家破產！」

「你會有報應的！」

「好好，求求你原諒我，我知道錯了，別再玩我了。」

尤昕聽完一副嚴肅的口吻：「這樣的症狀持續多久了？」

溫妤也很配合地回答：「兩天了。」

「沒送醫院嗎。」

「遲了，建議原地掩埋。」

「噗哈哈哈哈哈。」

兩人都忍不住笑了出來。

這幾天沈銘嘉一直都是這樣，在微信裡演獨角戲，時而失智般地怒罵，時而又搖尾乞憐求溫妤原諒，宛如一個間歇性精神分裂加狂躁症患者。

尤昕：「你怎麼不把他刪了，看著不噁心嗎。」

「事情還沒完呢，」吃粉絲黑錢的事還沒跟他算，溫妤氣定神閒道：「等他以為自己這波喘過氣了，我會再把他吊起來打，讓他每天都活在提心吊膽和被人唾棄中，再說——」

溫妤笑了笑，「你不覺得欣賞他這種無能狂怒的樣子很爽嗎。」

尤昕豎了個大拇指，接著提醒溫妤看手機：「嘖嘖，是不是又開始發病了。」

訊息提示聲接踵而來，溫妤垂眸——

【你什麼時候攀上蔣禹赫這條大腿的？】

【蔣禹赫身邊那麼多女人，真以為自己無可取代？】

【放心，他很快就會對你膩了的。】

【我等著你被甩的那天。】

【你接近他就是為了報復我對嗎，這三個月一定被他睡了不少次吧？為了我你可真夠忍辱負重的啊？？】

一連串的幾句瘋話都是正常操作，溫妤原本看了還是不想回的，可這次提到了蔣禹赫。

她心裡莫名不舒服。

往自己身上潑髒水就罷了，潑到蔣禹赫頭上，忍不了。

溫妤想了又想，重新拿出手機點開對話視窗：【我忍辱負重不就是為了看到你現在這副無能狂怒的樣子嗎？】

打完這句她快速點了送出，正準備接著噴回去，視線無意一瞥，忽然驚悚地發現這個對話視窗的好友ＩＤ竟然是Jyh。

溫妤心尖一涼，只覺得大腦瞬間麻了一片似的，意識全部喪失。

來不及想怎麼會犯這種錯，只有一個念頭牽引著她，快！快！快！

快！收！回！

溫妤手忙腳亂地長按訊息，顫抖著點了收回。

綠色訊息瞬間消失。

尤昕見她忽然白了的臉，「怎麼了？」

溫妤聲音都在發顫似的，「媽的把回給沈銘嘉的訊息傳給了蔣禹赫。」

「……」

溫妤緊張地看著微信，「他會不會看到了？怎麼辦。」

尤昕拉著她在商場的休息椅上坐下，「沒事，你看現在是下午三點，按照你說的蔣總出差，這個時間肯定不會吃飯睡覺休息，他那麼忙的人，開會啊參加活動應酬啊，以為都跟我們一樣隨時把手機拿在手上？」

被閨蜜這麼一分析，溫妤抵到嗓尖的心跳慢慢回落。

已經過去了兩分鐘，蔣禹赫那邊沒有任何反應，應該是沒看到。

就算看到了，也應該只是一則被收回的通知。

頓了頓，溫妤故意傳了則訊息給蔣禹赫：【哥哥，在忙嗎？】

等了好一會都沒有回覆。

尤昕更加自信：「看，蔣總肯定在忙。」

溫妤也鬆了口氣，「剛剛真是嚇死我了。」

說著又沒忍住回到和沈銘嘉對話的視窗，馬上封鎖了渣男。

這人就是個禍害，隔著網路線都能禍害自己。

&

同一時間，蘇城。

「蔣總，」工作人員走到休息室，「平城影視的劉總想請您過去拍個照。」

蔣禹赫點點頭，「好。」

起身那一瞬，他輕輕按滅了螢幕。

那則【yuyu 收回了一則訊息】也一併暗了下去，好像從沒出現過。

五分鐘前他剛剛從會場回休息室，本想傳則訊息給溫妤問問她在幹什麼，沒想到剛打開手機就收到她傳來的那麼一則莫名其妙的訊息。

但不到十秒就被收回。

緊跟著沒過多久又傳來一句試探的話。

蔣禹赫這麼一個玩慣計謀的娛樂圈人物，怎麼可能會嗅不出這其中的古怪。但他眼下太忙，反正明天就要回去，便想著到時候再問問溫妤，是不是又趁自己不在胡作非為。

當天晚上，他若無其事地跟溫妤視訊，檢查安排的那些文件作業。

白天看到的，一個字都沒提。

&

第二天下午，蔣禹赫從蘇城返回。

原本飛機到達的時間是下午三、四點，誰知航班晚點，真正落地的時候已經下午五點。

總算還趕得上和溫妤吃晚飯。

老何問：「老闆，直接去小魚小姐說的餐廳嗎？她已經過去了。」

怎麼說也是兩人的第一次情人節，蔣禹赫不想就這樣帶著一路風塵去和溫妤吃飯，便說：「先回去，我換身衣服。」

「好。」

蔣禹赫有點累，輕輕闔眼，揉著眉骨問車上的厲白：「這兩天公司有什麼事沒有。」

「公司倒是沒有，不過圈裡倒是有些熱鬧。」

「怎麼。」

厲白說：「之前公司差點簽約的沈銘嘉不是鬧了不少醜聞嗎，前天那個洗頭小妹還把他們的聊天紀錄爆出來了，您當初說得沒錯，這個人是真不行，人品太惡劣，現在基本各家公司都把他封殺了。」

蔣禹赫嗯了聲，對這個人不是很感興趣。

誰知老何卻突然加入了聊天，「該，這種沒良心的人就應該全行業封殺。」

老何為人老實憨厚，罕有認識什麼明星，連他都這麼說，厲白笑，「何叔你也在吃瓜？」

「我吃什麼瓜，這個人渣騙了茵茵五十萬塊，要不是小魚幫忙要回來，我們家那口子到現在還沒錢做手術呢。」

厲白：「……」

蔣禹赫也倏地睜開了眼睛，片刻：「她幫你要錢？」

老何本來不想說的，但看到沈銘嘉落得這樣的下場，心裡也解氣。

「老闆，小魚原叫我不要告訴你，怕你工作忙為這種小事分心，但如今事情過去了，我真是不吐不快。」

花了兩分鐘時間，老何把茵茵拿家裡的錢去應援，溫妤又幫忙把錢要回來的事講了遍，末了還氣憤地說：「我們家茵茵喜歡這個男明星是真的瞎了眼，不懂事，後來我打了她一頓才從她口中得知，她之前還把小魚的微信給了那個男明星，也不知道那個人渣有沒有騷擾小魚，總之小魚幫我要回錢肯定不容易，老闆，小魚真的是個好姑娘。」

老何的話聽起來沒任何問題，前後都說得通。

但單句單句地拆開，問題就很大。

別說蔣禹赫，就連厲白都聽出了不對勁的地方。

他從後視鏡裡看了眼蔣禹赫，男人手肘放在後排的中央扶手上，眼眸淡淡看著窗外，半晌，忽然問厲白：「沈銘嘉出事是幾號。」

厲白不知道蔣禹赫為什麼要問這個問題，但他還是馬上拿出手機搜索了下：「二月七號夜裡第一次爆出在飯店被警察帶走。」

蔣禹赫也不知道自己在懷疑些什麼，只是聽了老何那番話，見慣無數套路陰謀的他直覺一切沒這麼簡單。

七號。

他很快想起，六號、七號，溫妤連著請了兩天的假。

「打通電話給茵茵，我有事問她。」蔣禹赫忽然說。

老何：「啊？現在？」

厲白已然看出不妥，馬上眼神示意老何，「趕快。」

老何怔怔地把車靠邊，撥出了電話給女兒。

「茵茵，老闆問你點事，你要實話實說啊。」

說著把手機遞給了蔣禹赫。

蔣禹赫接過便直接問：「沈銘嘉跟你要魚魚微信的時候是怎麼說的。」

茵茵為了追星這件事被家裡數落得不清，也很後悔自己曾經為了討好沈銘嘉不惜洩露了溫妤的微信，以為蔣禹赫是來指責她，茵茵馬上說：「對不起，是我追星追傻了，他助理說沈銘嘉想加魚姐，叫我幫忙，暗示我只要沈銘嘉和魚姐拉好關係可以帶來資源，我一時昏頭就給了。」

蔣禹赫掛了電話。

頓了頓，想起了什麼似的，打開微博，找到之前與沈銘嘉有關的那則熱搜——「……兩人透過微信加好友後密談一個月，相約見面，誰知集團千金小姐竟是洗頭小妹。」

蔣禹赫說不出哪裡不對，但從業多年的直覺告訴他，這其中一定有問題。

他皺眉閉上眼睛，開始在腦中回憶搜索著一些碎片。

沈銘嘉第一次出現在他與溫妤的對話裡，似乎是因為被人爆料劈腿那次。

自己幫忙公關，溫妤卻責問他為什麼要包庇渣男。

第二次是自己說不再與沈銘嘉簽約那天，溫妤的情緒莫名亢奮。

第三次，是那天在停車場的碰面。

驀地，溫妤看到自己發現袖釦時的意外神情，文俊龍口中提過的咬著沈銘嘉不放的前女友，以及

昨天那則被收回的訊息——【我忍辱負重不就是為了看你現在無能狂怒嗎。】

全部一湧而出。

以蔣禹赫超高的雙商，當所有的線索突然串聯到一起，一個可怕的可能已經在他腦中形成。

窗外的天氣突然就暗沉下來，起了風，烏雲壓頂，車內的氣壓也瞬間到了臨界點。

蔣禹赫很長一段路都沒再說話，只淡淡垂眸看向自己戴在手腕上的那對袖釦，不知在想些什麼。

車很快停在了別墅門口，沒人敢多問一句，直到蔣禹赫下車，老何才擔憂地問厲白：「我剛剛是不是說錯了什麼，怎麼老闆突然臉色就不好了。」

厲白搖搖頭，看著窗外突然變壞的天氣：「這次可能是真的暴風雨了。」

蔣禹赫到家後沒有馬上回臥室換衣服，而是直奔書房。

當所有線索都指向了一個荒謬的可能時，蔣禹赫唯一想做的，就是立即去證實這個可能的真實性。

他雖然希望一切只是自己多慮，希望只是自己疑心生暗鬼，但他也絕不會因此而逃避半分。

哪怕真相也許會令他無法接受，他還是會冷靜地，甚至冷漠地去親自找出真相。

蔣禹赫拿出了那支被自己藏起的手機。

充電，打開，輸入密碼。

螢幕跳轉主頁，背景是溫妤的照片。

第一次打開這支手機時，蔣禹赫出於對溫妤的尊重，沒有去翻看她的隱私。

但現在不同。

他太需要一些可以反駁自己的證據了。

手機安安靜靜地擺在桌上，不知過去了許久，蔣禹赫輕輕點了相簿。

相簿裡基本都是溫妤的自拍照，他的手指一點一點往上滑動，沒過一會，動作便停住了。

僵在了那。

儘管是縮圖，蔣禹赫還是一眼認出了照片裡的那對男女是誰。

安靜沉悶的書房裡，蔣禹赫一時竟分不清，這一刻耳邊炸響的，到底是窗外尖嘯逼人的風聲，還是自己內心深處急速翻湧的氣血。

&

高級浪漫的西餐廳裡，溫妤正在照鏡子補妝。

她今天穿了尤昕送的那條黑色吊帶裙，還把紮了幾個月的長髮放下，去店裡做了漂亮溫柔的大捲，完全回歸了破產前自己的樣子。

甚至，溫妤出門前還很小心機地噴了一點自己珍藏的那瓶香水。

今晚這樣的坦白自首時刻，香水不能太濃，不然會顯得自己誠意不足，有心勾引。

所以溫妤只噴了一點點在吊帶裙上。

味道剛剛好，輕輕淡淡，靠近的時候能聞到一點。

畢竟，若有似無地吸引才是最致命的。

如果蔣禹赫聽完能原諒她，那麼性感吊帶裙和香水都不用出馬。

如果不原諒，那麼溫妤也豁出去了，在他生氣之前，馬上脫掉自己的外套，露出性感小黑裙，再坐到他身上哭上兩個小時再說。

口紅補完，鏡子裡的溫妤今晚明豔動人，是真正的過去溫家大小姐的氣質。

她抿了抿唇，剛想看看時間問蔣禹赫到了哪，視線卻落到門口男人的身影上。

雖然心裡緊張地跳了下，溫妤還是馬上對他招了招手：「哥哥，這裡！」

蔣禹赫還穿著回來時的那身衣服。

他臉上看起來沒什麼情緒，在溫妤對面坐下。

溫妤單純地以為蔣禹赫是出差回來累了，乖巧地把菜單遞給他，「哥哥你想吃什麼？」

蔣禹赫沒有說話。

就那麼看著溫妤。

她今晚很漂亮，從沒見過的那種漂亮。

可這樣漂亮的一張臉，是什麼時候開始，對自己動了那麼多的心思。

他竟一點都沒察覺。

溫妤見蔣禹赫不動，手在他面前劃了劃，「怎麼了？很累嗎。」

蔣禹赫推開了她遞來的菜單，淡淡道：「為什麼要今天請我吃飯。」

「……」

你別把話題開始得這麼早啊，先吃點東西再進入正題不好嗎？

溫妤其實還是緊張的，只是臉上裝得很淡定。

「沒有為什麼，就……」她端起面前的紅酒杯，故作輕鬆道：「今天值得慶祝嘛。」

溫妤想的是——過節嘛，大家出來慶祝一下很正常。

可蔣禹赫卻笑了。

「慶祝什麼。」他靠在座椅靠背上，冷冷看著溫妤——「慶祝你終於結束了忍辱負重的日子嗎？」

溫妤的紅酒杯端在空中，聽到蔣禹赫的這句話，當場愣在了那。

嘴角的笑意甚至都還來不及收回，就那樣僵在了臉上，漫長又短暫的幾秒鐘過去後，她才從那種愕然失措中回神，唇囁嚅了兩下，努力地讓自己笑了笑，「哥哥，我——」

「別再演了。」

「……」

溫妤被直接喊了CUT。

她還想跟過去經歷的每一個修羅場一樣，把自己準備好的套路一招招用出來。

可她從沒有想過，當真實地面對蔣禹赫這樣冷漠的眼神和話語時，她那些假想，那些套路，頃刻間便不堪一擊地碎裂了。

傳錯訊息的時候溫妤就知道，一旦蔣禹赫看到了，憑他那樣過人的察覺力，一定不會覺得自己只是隨意傳錯了一句話。

只是當時的溫妤被太多飄飄然的樂觀包圍，以為自己逃過了那麼多次翻車，最後這一次也應該可以幸運避過。

然而常在河邊走哪有不濕鞋，做錯了就是做錯了，她或許可以贏九十九次，但最後一次想贖罪的時候，老天已經不給她開口的機會了。

一層一層的情緒衝擊後，溫妤最終無力地低下了頭。

「你看到了對嗎。」

蔣禹赫沒有回答她這個問題。

在書房看到溫妤和沈銘嘉靠在一起的自拍照時，誰也體會不到那一刻他心中崩塌和憤怒的聲音。

他原本不想來餐廳，但最後還是來了。

只希望給自己找最後一絲餘地。

「所以你失憶過嗎，哪怕一天。」

溫妤閉了閉眼，只覺得整個世界都在旋轉，她眼前虛晃一片，這幾個月來發生的一切都像跑馬燈似的不斷閃現，最終停在三個月前她失魂落魄的那個夜晚。

遇到蔣禹赫的那晚。

她開始這場遊戲的那晚。

「沒有。」溫妤平靜地坦白：「車禍醒來時我就沒有失憶，是我故意的，是我蓄意的，是我想攀上你報復他。」

餐廳裡流動的鋼琴音樂這一刻莫名停止，明明是開著暖氣的室內，窗外的風卻好像突然全部灌入了似的。

冷徹入骨。

沉默了好一會兒，蔣禹赫才似乎是笑了笑。

這個笑帶著滿滿的嘲弄，他問：「你真的叫宋好嗎。」

像無數雙手在拖著自己往沼澤地裡陷，溫妤拚命想爬出來一點，卻發現根本沒有出口。

處處都被她說出的謊言封住。

溫妤沒有馬上回答，蔣禹赫便明白了。

有些事很難堪，不需要把話說到太明白，點到即止就行。

剩下的，他也不想知道。

蔣禹赫驀地起身，座椅與地面劃出刺耳的聲音。

溫妤下意識抬頭，看到了男人眼裡從未見過的陌生和冷淡，「哥」字已經慣性地到了嘴邊，卻終再喊不出口。

「給你三個小時的時間離開。」蔣禹赫說完轉身便走，走出幾步不知想到了什麼又停下，許久，才回頭看向溫妤——

「你有什麼是真的嗎？」

這三個月的相處全都是蓄意接近，甚至連後來告訴他的名字都是假的。

蔣禹赫不知道自己在幹什麼，竟荒唐地在別人的遊戲裡付出了這麼久。

以為是獵人，卻不知自己早就是別人手裡的獵物。

溫妤呆滯地坐在位置上，目送蔣禹赫的身影慢慢消失在餐廳裡。

那麼果斷、冷淡，是他的性格沒錯。

她早就知道的。

儘管還裹著厚實的外套，這一刻溫妤還是覺得寒涼刺骨，那種涼從胸腔蔓延到指尖，整個人都是麻木的。

浪漫的餐廳裡，別人的情人節還在繼續，而溫妤的情人節只剩真相被撕裂後的茫然和不知所措。

紅酒一滴沒喝，禮物也沒送出，盛裝打扮的自己這時候顯得格外可笑。

——你有什麼是真的嗎。

一想到蔣禹赫問的這句話，溫妤的嗓子就好像被什麼一遍一遍沉沉碾過般又酸又痛，痛到說不出話。

叫車回蔣家的路上，雨勢漸大，行人紛紛抱頭躲雨，有情侶躲在同一件大衣下，笑著在雨裡奔跑。

溫妤看著那對情侶走神，竟然有些羨慕。

她在想，也許是連天都不看好她今晚準備的這場自首宴，所以才下了這麼一場大雨。

這場雨來得急又猛，連氣象臺都發出了預警。

電臺裡，主持人介紹著今晚會有怎樣大的暴雨，提醒行人注意攜帶雨具。

溫妤又想起蔣禹赫帶她去做催眠的那次，她矯情地在車上對他說「哥哥你若安好便是晴天」，誰知話畢電臺就緊跟著預告了第二天的惡劣天氣。

溫妤至今記得蔣禹赫當時臉上的表情。

也記得當時的自己，屁顛顛跟在他身後的一切。

開局一個謊言，溫妤卻也在一步一步不自知地被自己設置的遊戲反噬。

走到今天，這個遊戲沒有贏家。

車停在別墅門口，溫妤下車，用手擋著雨跑回家。十二姨在客廳，看到她愣了下：「你不是和少爺出去吃飯了嗎？」

溫妤張了張嘴，頓時明白蔣禹赫沒回來。

是啊，他都叫自己三小時內離開了，怎麼可能還會回來。

他那樣的性格，讓自己就這樣平靜離開，或許已經是最後的情分。

溫妤不知道怎麼回答十二姨，垂下頭，什麼都沒說，直接來到了二樓自己的房間。

住在這裡的三個月，溫妤在最初還是三等公民的時候試圖離開過一次，後來真正融入進來了又被親哥哥帶走過一次，都說事不過三，終於也有這麼一天，她真正地被主人驅趕離開。

這次是真的了。

溫妤默默環視自己住了三個月的房間，這個彷彿第二個家的地方。同時在心底感謝蔣禹赫，還願意給她一點時間來告別。

沒什麼好收拾的東西，正如前幾次的離開一樣，除了自己隨身的包包和兩個小東西，這個房子裡的一切都屬於蔣家，她不會帶走。

微信這時候突然響了，打斷溫妤的思緒。

明知蔣禹赫不會再理自己了，溫妤依然抱著那○．○一％的希望打開了微信。

可看到頭像的那一刻，她還是失望了。

不是他，是尤昕。

【寶貝，自首成功了嗎？我掐指一算，你這時是不是該回臥室了？】

多諷刺。

她的確回臥室了，但並不是他的。

溫妤真不知道自己之前憑什麼認定蔣禹赫對自己的喜歡能抵抗住這樣一個真相。

溫清佑的話言猶在耳，最終還是她天真了。

溫妤：【我現在在蔣家收拾東西，待會不知道去哪……】

尤昕：【？？？？？怎麼了？】

溫妤：【對不起昕昕，我想自己安靜一會，晚點再找你。】

傳完微信，溫妤把手機關機放到包包裡。

她最後看了眼自己的臥室，走出來，原本想直接下樓，但走到半路想起了什麼又折返回去，停在蔣禹赫的臥室門前。

躊躇了很久，看了好幾次十二姨的動靜後，溫妤才輕輕推開了門。

她來蔣禹赫臥室的次數不多，過去是因為不被允許靠近，後來允許了也僅僅在門口叫他起床或者吃飯。

唯獨那次進去，是被他按在門後慌亂完成了自己的初吻。

溫妤關上門，走進房內。

蔣禹赫的臥室一如他那個人，整體都是黑灰色的基調，線條簡約，一物一景卻都透著強烈的冷感。

以至於溫妤站在房內就能真實感受到他在這裡生活的樣子，好像下一秒他突然出現，就會跟平時一樣皺眉問她：「你跑我這來幹什麼？」

可這樣的畫面不會再有了。

溫妤鼻子驀地一酸，不想再想下去，她直接走到斜側的衣帽間，推開男人的衣櫥。

入眼是整齊的一排高訂襯衫。

儘管一眼看過去幾乎都是黑色，卻又是各種不同色系的黑，棕黑、墨黑、藍黑、灰黑……

溫妤的手沿著衣架輕輕劃過去，最後停在一件最正的純黑色上。

她的東西什麼都不想帶走。

但他的，她想自私帶走一件。

再次下樓的時候，十二姨獨自坐在餐桌前吃飯，見溫妤下來，跟往常一樣叫她：「你吃飯了嗎？剛剛問你也不說話，不要怪我多嘴，是不是又跟少爺吵架了？」

溫妤搖了搖頭，「沒有。」

她走上前，從包裡掏出那瓶香水，「十二姨，這個送給你。」

十二姨愣了愣，垂眸看，「送我？」

走得太急，溫妤沒有任何準備，這瓶法國買回來的香水一直是自己喜歡的，剛破產那時甚至把它從江城帶回了京市珍藏，對她來說是很心愛的物品。

也是眼下唯一能拿出來的，屬於自己的東西。

「謝謝你這三個月對我的照顧。」溫妤真誠地說。

「……」

十二姨忽然就有些不知所措地站起來，手在圍裙上擦了兩下，接過香水，「不是，你這又是哪一齣，你們倆不要三天兩頭嚇我行不行，我經不起嚇的。」

溫妤笑了笑，上前輕輕抱住十二姨：「香水很好聞，你這麼可愛，噴一噴會更有魅力的。」

十二姨：「……」

說完這句，溫妤鬆開十二姨。她看了看手錶，故作輕鬆道：「時間不早啦，我先走了。」

十二姨雖然還是很茫然，不知道發生了什麼，但看著外面惡劣的天氣，馬上從櫃子裡拿出一把傘。

似乎她也察覺到了這一次的分別和過去不同，頓了很久，把傘遞給溫妤：「孩子你保重。」

溫妤點點頭，忍住眼眶的酸澀朝玄關走，快到門口的時候想起了什麼，轉身問：「《黃色生死戀》的那兄妹倆最後在一起了嗎？」

「啊？」十二姨愣了下，遺憾似的搖頭，「沒有。」

聽到這個答案，溫妤輕輕嗯了聲，平靜笑道：「謝謝，再見，十二姨。」

再見。

不，也許再也不會見了。

踏出蔣家大門，溫妤再回頭，別墅裡這些承載了自己三個月無數喜怒哀樂的燈火，這一刻起都與自己無關了。

被雨聲淹沒的夜晚，溫妤沒有馬上叫車，而是撐開傘，一步一步慢慢離開著。等走到離別墅不遠的一處環形綠化噴泉那時，她忽然停了下來。

這幾個小時裡她告別了自己的房間，告別了這棟房子，告別了十二姨。

可那個男人，她卻連一句對不起都沒來得及說。

就這樣走嗎？

&

凌晨十二點。

一輛黑色轎車緩緩駛進別墅區，車燈在朦朧雨幕中探出一道光影。

靠在噴泉旁路燈下的溫妤驀地站直，往手心裡呵了幾口熱氣，然後仔細看出去。

這已經是駛入社區的第十七輛汽車了，不知道會不會是蔣禹赫。

距離他從餐廳離開已經過去了五個小時。

溫妤也在這裡等了三個多小時。

溫妤沒有打電話給他，怕他拒接，更怕他已經把自己封鎖。

她不敢去承受那樣的尷尬，所以在這裡等他回來，想親自跟他說一句對不起。

好像只有這樣做了，心底的那份愧疚才會少些。

汽車逐漸靠近，雨太大，溫妤竭力去看車牌，等看清時，她下意識地扣緊了手裡的雨傘，心跳也瞬間加重加快。

是蔣禹赫的車。

是他。

而車裡的何叔也幾乎是一眼就看到了路燈下熟悉的削瘦身影。

他還以為是自己看錯了，雨刷加速刮掉那些雨後，他驚訝地停下車，回頭告訴蔣禹赫：「老闆，是，是小魚！」

溫妤從微弱的燈光下看到老何回頭跟蔣禹赫說了什麼，男人抬了頭。

看到了她。

隔著一層玻璃，隔著沉重的大雨。

可他的目光太淡了，淡到彷彿從不認識溫妤這個人。

溫妤心裡好像被什麼扯著，儘管難受，但還是努力讓自己走過去，想走到他面前把話說完。

可不知是不是天都跟她作對，剛走出兩步，一陣強勁的風迎面撲來。

晚上沒吃飯，又在風雨裡站了太久，溫妤一時沒抓穩，手裡的傘被風力吹得反方向朝後，她踉蹌兩步，雖然平衡住了自己沒跌倒，傘卻倏地被颳出去了很遠。

這個畫面，滑稽又尷尬。

溫妤渾身迅速被打濕，漂亮的妝容模糊一片。

她狼狽地站在雨裡，本想馬上回去撿起那把傘，可就在轉身瞬間，她想起了晚上看到的那對情侶。

不知是什麼在作祟，她又改變了主意，縱容自己就那麼站著。

看著車裡的蔣禹赫，努力想從他眼裡找到一點冷淡之外的情緒，比如——心疼。

過去她只是輕輕紅一下眼睛他都會妥協的。

溫妤就這樣沉默地站著，而車就停在距離她不到二十公尺的地方。

一車一人，在雨幕中呈對峙姿態。

雨好像瘋了般地下，沒一會溫妤便濕透了，老何急得不知所措：「老闆，這麼大的雨，我求求你了，讓小魚先上車吧。」

可蔣禹赫最終冷漠地收回了落在那個身影上的目光。

「開車。」他說。

聲音裡聽不出一絲情緒的波動。

「老闆——」

「我說開車。」

「……」

溫妤不知道車裡的人在說什麼，她只是倔強地等著，或者也是賭著。

賭這個男人對自己最後的一點偏愛。

然而一分鐘後，那輛自己曾經坐過無數次的車，還是從身邊無情地開了過去。

擦身而過的那一刻，溫妤怔在原地。

過去每一次在蔣禹赫面前撒嬌賣乖他都照單全收的畫面此刻全都跳了出來，形成了強烈的對比。

溫妤以為自己會難過，可原來當所有希望都倒塌，冰冷現實擊碎她的自信後，剩下的只有無盡的羞愧。

都這個時候了，你哪來的自信人家還會憐愛你。

溫妤自嘲地抹了一把臉。

行吧，結束了。

這些雨落在身上好像也沒那麼冷了。

可是她站了那麼久真的好累。

溫妤慢慢蹲下，只覺得耳邊的聲音都在慢慢變遠，身體也在變輕，輕得像車禍那晚被撞出去的那個瞬間。

老何不知是不是故意，原本兩分鐘就可以開回家的一點路程，硬是開成了時速二十公里。

車龜速在雨中前行著，他不敢開口干涉老闆的事，只能希望自己開慢點，再慢點，蔣禹赫也許能回心轉意。

甚至開到轉彎的路口，老何私自做主停了下來。

蔣禹赫沒出聲，似乎默認了這個舉動。

他的視線一直停在後視鏡上。

他好像一個旁觀者，冷眼看著溫妤跟車追了兩步，看著她呆呆地站在原地，看著她慢慢蹲下去。

以為自己可以一直這樣毫無波動下去，可當看到她差點要倒下的瞬間，平靜的眼底到底還是有了起伏。

只是下一秒，一個人撐著傘出現並抱住了她。

緊接著那人扶著她慢慢離開，直到最後消失在雨幕。

蔣禹赫眼裡那一點微不可察的情緒也因此褪去，好像從沒出現過。

雨聲滂沱，半晌他才收回視線，啞著嗓子說：「回去了。」

第十一章　她回江城了

尤昕連扶帶攙，好不容易把溫妤帶回了家。

「快，常常，幫我放點熱水，我姐妹剛剛淋了雨。」

許常從裡屋出來，裹著髮帶，臉上敷著面膜，看著像落湯雞似的溫妤，嘖了兩聲：「這就你老說的那個閨蜜啊，這是怎麼了？」

尤昕沉默了下，「大概率是被甩了。」

許常閉了閉嘴，沒再說話，馬上去浴室放起了熱水。

尤昕手裡拿著蜜桃茶，給溫妤灌了好幾口後才問：「好點沒有？」

溫妤剛剛又累又餓，一下子低血糖發作了才差點倒下去。還好尤昕及時趕到，不然明天的新聞大概就是妙齡女子雨夜昏死街頭這樣的驚悚標題了。

「你說晚點聯繫我，我左等右等都等不到，打電話又關機，急死我了，問遍全公司才打聽到蔣總住的社區，才到就看見你像個傻子似的站在那，到底怎麼回事？」

尤昕話剛說完，許常出來：「水放好了，快先去暖和一下。」

尤昕道了謝，轉身介紹道：「好好，這就是我那個朋友，化妝師，叫許常，叫他常常就行。」

「常常，這是溫妤，好好。」

溫妤抬頭看了眼，有氣無力地點點頭：「你好。」

許常唉喲了下，「別在這介紹了，趕快，我再去熬碗薑湯。」

說著便朝廚房走過去，嘴裡還嘀咕吐槽：「什麼男的，眼睛瞎了嗎，這麼漂亮的女人還甩掉，他是要上天吧。」

尤昕帶著溫妤去了浴室，關上門，幫溫妤把濕成一團的衣服脫掉，等她站在淋浴間裡了，尤昕才拿個板凳坐在旁邊問：「你還沒回答我呢，到底怎麼回事。」

溫妤就那麼站在花灑下，任憑熱水怎麼沖刷自己，還是忘不了蔣禹赫冷漠從身邊經過的畫面。

比起各種身體上的傷害，她更無法接受這個男人一夜之間消失的那些偏愛。

「他都知道了。」溫妤輕輕說。

「你坦白他本來不就要知道嗎，你撒嬌了嗎？Sexy 裙子呢？哭了嗎？」

哭？

溫妤現在連哭都哭不出來。

這種失去讓她整個人好像被掏空了般，沒了知覺沒了感覺，五臟六腑產生不出任何情緒。

「我還沒來得及說他就都知道了，」溫妤伸手抹著臉上的水，頓了頓，「我傳錯的那則微信他看到了。」

尤昕：「……」

坦白從寬和被動發現，區別太大了。

蔣禹赫的手段圈內人人皆知，根本沒人能在他眼皮底下耍手段，溫妤之所以能三個月都不翻車，很大程度上也是因為大佬本身對她有偏愛，所以很多事睜隻眼閉隻眼，不會去計較，去較真。

這位娛樂圈最具權勢的資本家，手握多少藝人的命運，從來只有他玩別人的份，如今竟然被溫妤算計了一場，以他傳聞中的那些手段，只是把溫妤趕出來可能已經算留情面了。

尤昕沒想到會是這樣，嘆了口氣，「那你接下來打算怎麼辦。」

水聲嘩嘩響，裡面的人沉默了很久才說：「回江城。」

頓了頓，低低的聲音有些委屈：「他不會再想見我了。」

尤昕有些不開心：「好不容易我來京市了，你又要回去……唉算了算了，只要你開心就好，我有空就回去看你。」

水聲停止，尤昕從櫃子裡拿了條乾淨的新毛巾，又問她：「你帶睡衣了嗎。」

溫妤想了想，「我包包裡有件襯衫，你幫我拿過來。」

十來分鐘後，溫妤吹乾頭髮，穿好衣服回到尤昕的臥室。

桌上放著一碗薑湯，尤昕說：「常常幫你熬的，趁熱喝吧。」

溫妤也沒客氣，端起便一飲而盡，「你不是說你那位化妝師朋友是姐妹嗎。」

「是姐妹啊，」尤昕眨眨眼，「gay 蜜懂嗎？」

「……」

尤昕一邊鋪被子一邊說：「我這沒有蔣總那邊豪華寬敞，也沒有你家那麼大，你只有暫時先將就一下，不過我還是想問——」

尤昕到底沒忍住：「你穿的這件襯衫是蔣總的吧？」

溫妤沒回，默默爬到床上，不想承認自己竟然偷了人家一件衣服這種事。

尤昕躺到她身邊，手撐著頭打量她。

襯衫很大，穿在溫妤身上剛好遮住了大腿，黑色本就襯她的膚色，尤其是男人的黑襯衫，那種男性力量的荷爾蒙穿在女性身上，更是有種致命的誘惑。

尤昕搖了搖頭：「失策了，就不該穿黑裙子的，你要是穿這件黑襯衫去，我保證他話都說不出來。」

溫妤拉高被子蓋住自己：「我都被趕出來了，穿龍袍都沒用了。」

「……」也是。

尤昕也躺下，繼續安慰道：「別難過，舊的不去新的不來，江城好男人多的是，明天我就推薦幾個給你。」

好一會沒聽到回覆，尤昕側目去看，溫妤已經閉上了眼睛。

尤昕第一次看到她這麼安靜，看起來好像什麼事都沒有，但尤昕知道她不過是把所有的情緒都積壓在心裡罷了。

一時沉默，尤昕輕輕拍了拍溫妤：「別想了，也許蔣總只是在氣頭上，過兩天緩過來了就好了。」

溫妤在心裡搖頭。

不會了。

他從不會給犯錯的人第二次機會。

想到這裡，溫妤還是沒忍住轉了過來，把頭埋在尤昕懷裡，哽咽著說：「昕昕，我難受。」

知道破產的時候沒哭，看到沈銘嘉劈腿了也沒哭，腿被撞成那樣也沒哭。

可失去了蔣禹赫的信任並被驅趕出他的世界，這種感覺就好像有什麼一直在腐蝕著溫妤的心臟。

悶在胸腔裡的疼，發不出聲音，喘不上氣。

尤昕拍著她，「我知道，你難受就哭吧，沒事我這衣服防水。」

尤昕十五歲認識溫妤，當時全校都沒幾個人願意跟自己玩，只有溫妤不勢利。兩人的友情從那時到現在，經歷了太多。

她眼裡的溫妤是天之嬌女，是江城男人翹首盼望得不到的，會發光的女人，是趙文靜之流背後非議卻還是會默默跟風的大小姐。

可自從破產、被劈腿、車禍……她整個人生天翻地覆。

在蔣禹赫這件事上，她的確錯了，可溫妤對他的感情是假的嗎？

早在溫妤自己都不知道的時候，尤昕就看出來了。

那時候她每次提到這個男人眼裡都有光，笑容是甜的，是依賴的。

尤昕一點一點看著她從那些厄運裡走出來，如今卻又打回原形。

帶著比之前更深的痛苦，再一次回到過去。

尤昕心酸又難過地想——早知道會是這樣，當初在江城溫妤第一次提出這件事的時候就應該阻止她。

阻止這場 BE[2] 的發生。

2 Bad End 的簡稱，指不好的結局。

同一時間的蔣家，已經快夜裡一點了，可今天的十二姨還沒睡。

家裡氣氛陰沉沉的，比窗外的天氣還要壓抑。她做了這麼多年的管家，蔣禹赫的心情是好是壞，她一眼就看得出。

唯獨今天這樣的面無生機，比往常任何一次都要讓人擔憂。

凌晨一點二十，十二姨熱了一杯牛奶送到書房。

書房只亮了一盞小檯燈，昏黃燈光下，男人手撐著額，眼眸濃重，不知在看什麼。

「少爺，喝點東西吧。」十二姨小心把牛奶放在桌上，發現蔣禹赫的目光落在面前的一支手機上。

只是那手機有漂亮的紅色外殼，不像是他的。

但十二姨也不敢多問，只能輕輕嘆了口氣離開。

快出去的時候，身後男人終於開口：「她走的時候說了什麼沒有。」

十二姨微頓，轉過身來，「沒有……她就說自己要走了，謝謝我這幾個月的照顧，哦對了，她送了我一瓶香水，味道還怪好聞的，你要嗎。」

蔣禹赫閉了閉眼，有些莫名地煩：「沒事了。」

十二姨：「……」

門又關上。

男人看著手機上的照片，終是難以釋懷。

一邊是溫妤和沈銘嘉的合照，一邊是自己手機上存下的他們在火鍋店的合照。

蔣禹赫無論怎麼找理由說服自己，都還是不能接受自己只是溫妤報復前男友的一把利刃這件事。

甚至就連那對袖釦，都不用蔣禹赫去求證，都知道那不是給自己的。

一個嘉，一個蔣。

多可笑的巧合。

她曾經發在朋友圈的那張包裝袋的圖，明明自己看到過，卻從未往那方面去想。

拿著她要送給前男友的禮物，像個笑話似的戴在自己身上，以為是她對自己的心意，連出差都隨身帶著，好像把她帶在了身邊。

女神經前女友。

蔣禹赫又想起文俊龍說的這句話。

多貼切的形容。

她不這麼瘋，怎麼敢來騙自己，明目張膽地騙了三個月。

咚一聲——手機再次被丟進抽屜深處。

這次和手機一起被收起來的，還有一直放在桌上筆架裡的那個小泥人。

&

雖然幾乎一夜沒怎麼睡，但蔣禹赫從不會因為私人的事情影響自己在工作上的狀態，因此第二天早上，還是雷打不動地來到了公司。

厲白帶了些人跟著一起進來，原本要請蔣禹赫過目他新挑選的一批保鏢隊伍，剛坐下，甯祕書便進來匯報：「蔣總，沈銘嘉在會客室等了您很久。」

蔣禹赫抬起頭，皺眉：「誰？」

等甯祕書再次說出沈銘嘉三個字的時候，蔣禹赫停了幾秒，對厲白說：「你們先等等。」

厲白點頭，暫時讓來面試的保鏢們列隊站成一排候著。

沈銘嘉就這樣被請進了總裁辦公室。

他雖然這些天被罵得如過街老鼠，但人倒是穿得體體面面，一副當紅流量的派頭。

「蔣總。」

蔣禹赫背靠座椅看著他：「找我。」

沈銘嘉被溫妤搞臭了，怎麼可能甘心。這幾天透過各種關係打聽，終於知道原來溫妤竟然自稱失憶在扮演大佬的妹妹，昨晚得到的消息，他激動得今早七點就到了公司來等蔣禹赫。

迫不及待地想把溫妤這層皮扒下來給蔣禹赫看。

「是的蔣總，但您放心，我絕不是來為自己求情的，我只是想告訴您一些事情，不想您再被人欺騙愚弄。」

蔣禹赫眼底不經意地動了動，眼神很深邃，讓沈銘嘉根本看不出他在想什麼。

片刻，蔣禹赫看了厲白一眼，厲白馬上會意，拿起遙控器，降下所有百葉簾，整個辦公室瞬間與外界隔離。

蔣禹赫漫不經心地看著沈銘嘉：「說。」

沈銘嘉：「一直跟在您身邊的那位小魚，真名其實叫溫妤，她也沒有失憶，她就是裝的，為了報復我所以故意接近您，我現在這樣都是她在背後搞鬼，您千萬別被這種女人騙了。」

厲白：「……」

蔣禹赫眸底的光暗了暗，半晌，卻也只是在口中重複了一遍那個名字：「溫妤。」

原來她叫溫妤。

「是，她是江城華度集團老闆的女兒，不過幾個月前破產了，可能就是因為這樣受了刺激，腦子出了點問題，不僅咬著我不放，還來纏著您、騙您！」

接著，沈銘嘉便把自己被人在網路上爆料開始，到最近一系列的事都說了一遍。

一番話說下來，溫妤儼然一個失心瘋女人。

說完很久，沈銘嘉看著蔣禹赫，試探著問：「蔣總，您在聽嗎，您要是不信的話，我可以給你看證據！」

沈銘嘉把自己的手機拿出來，找出這一個月來和溫妤所有的對話，放在蔣禹赫面前：「您看，她一直在以您妹妹的身分誘我入局，最後她自己也承認了，承認在您身邊忍辱負重就是為了報復我。她那個閨蜜尤昕也不是好人，一定是她騙您簽約亞盛的吧？她倆蛇鼠一窩，都太壞了。」

蔣禹赫目光淡淡落在手機上。

他其實不想看，但又忍不住想要看，因此幾乎是一目十行地瀏覽。

最初一兩個星期兩人的對話並不多，直到後來沈銘嘉開始懷疑溫妤的身分，叫她拍影片證明後，她才熱情了起來。

蔣禹赫看了眼那天的日期。

二月二號。

她被他哥哥帶走的那天。

驀地，蔣禹赫好像明白了她突然又要回來的原因。

走了就沒有證明的證據，走了就不能繼續用這個身分報復。

那股氣血又開始在胸口急速湧動，蔣禹赫努力克制著繼續往下看。很快便看到最近幾天的，那些不堪入耳的辱罵。

連著幾十、上百則都是沈銘嘉單方面發瘋似的在罵人。

諸如什麼——【你一定被他搞得很爽吧】這樣的話竟然都罵得出來。

而她，卻一直都是沉默的，沒有回覆。

蔣禹赫驀地想起那次在停車場，她小心翼翼地問自己——「如果真有人欺負了我，你會幫我撐腰嗎。」

蔣禹赫感覺心裡有兩股氣血擰在一起互相衝撞著，一邊是被欺騙的憤怒，而另一邊，更是憤怒曾經有人用這樣難聽的字眼罵過自己喜歡的女人。

雖然，那份喜歡停止在昨天。

啪的一聲，蔣禹赫把手機往前一扔，剛好砸在沈銘嘉腳旁。

沈銘嘉愣了下，撿起手機：「蔣總？」

蔣禹赫看著面前這個毫無擔當、為了自保不惜來踩死前女友的男人。

更好笑的是，就是這樣卑劣的一個男人，自己竟然還曾經幻想過他的樣子，不只一次地嫉妒過他。

溫妤或許和他吻過，愛過，甚至上過床。

一想到這樣的畫面，蔣禹赫心裡就好像生出了無數隻爪牙，在胸腔肆意抓噬，捲成無法控制的怒火。

「二月十一號開始，你傳的每一則內容，一則一則讀出來。」他冷淡又平靜地說。

沈銘嘉：「什麼？」

「每讀一則，搧自己一次。」

沈銘嘉：「……」

沈銘嘉徹底怔在那，完全沒懂蔣禹赫為什麼會是這樣的反應，他有些不服：「蔣總，明明我——」

厲白這時走過去：「你自己來還是我動手？」

蔣禹赫身邊的這位保鏢圈內人人知曉，曾經在中南海混過的，身高體型往那一站就沒人敢冒犯。

更別說是沈銘嘉這樣的小白臉。

沈銘嘉臉色白了白，雖然不甘，卻只能硬著頭皮照做：

「……溫妤你這個賤人。」——「啪」

「你失心瘋了嗎？」——「啪」

「聲音大點，蔣總聽不到。」厲白冷冷警告。

沈銘嘉知道這個聲音指的是自己掌摑自己的聲音，只能閉眼加大了力道搧自己的臉。

那幾天他精神分裂一樣傳太多的話給溫妤，現在完全是自作自受。

讀到第五十幾則的時候，沈銘嘉的嘴角開始滲血。

他小心翼翼地抬頭，卻看到主位上的男人視若無睹地處理著他的公事，他神色冷漠到了極致，自己就好像一個小丑，即便流血了，也換不到他半分正視。

沈銘嘉也許明白了什麼。

他急於回擊，卻忘了蔣禹赫也是個男人。

他也會愛上溫妤。

哪怕是被騙或許也願意。

沈銘嘉狼狽地垂著頭自嘲：「蔣總這算是公報私仇嗎。」

蔣禹赫筆尖一頓，鋒利目光落在他身上，片刻，靠向椅背淡淡道：「沒錯。」

沈銘嘉沒想到他竟然承認了。

他毫不遮掩自己的目的，看自己的眼神更是那種充滿了不屑和輕視的厭惡。

沈銘嘉完全低估了溫妤在蔣禹赫心裡的分量，張了張唇，知道自己這局又輸了。

他沒再說話，繼續一邊讀訊息，一邊摑自己，希望早點結束這場自討苦吃的結局。

趁他讀的時候，蔣禹赫往外打了通電話。

早上八點半，尤昕起床後，溫妤還在睡。

最近一段時間公司請了老師為他們上《尋龍檔案》的人物角色分析課，每天上午十點到十二點兩小時不能缺席。

尤昕洗漱完坐到桌上吃早餐，許常指著裡面，「還在睡呢？」

尤昕嘆口氣，搖搖頭，又說：「待會她要是起來了你幫我照顧著點，我中午回來幫你們帶吃的。」

許常：「放心吧，你姐妹就是我姐妹，晚上我就安排幫你姐妹釣魚，我們絕不在同一根繩子上釣著。」

尤昕非常贊同地與她擊了個掌：「你這個安排我很滿意，多叫幾個，我今晚必須讓我寶貝醉生夢死一回。」

兩人達成一致時，尤昕的手機響了，是她的經紀人。

「喂，紀姐，啥事？」

「三十九樓甯祕書的通知，讓你到公司後先來一趟總裁辦公室。」

「……」尤昕怔了半天，「總裁辦公室？蔣總辦公室？」

「是。」對面的經紀人也挺納悶：「你是不是在外面惹什麼事了，一般情況下老闆從不主動見你們這種剛入公司的小藝人的。」

尤昕心裡一涼，頓時就明白了。

掛了電話，許常見她臉色突變，問：「怎麼了？」

「今晚可能不只是為我姐妹釣魚。」尤昕想了幾分鐘，得出結論：「說不定還是慶祝我被開除。」

「……」

尤昕走後沒多久，溫妤也醒了，她起來沒見到尤昕人，問許常：「昕昕呢？」

許常一臉嚴肅：「剛接了通電話，說是他們公司那位蔣總找她，還說可能要被炒魷魚了，怎麼回事？」

溫妤聽完睜大了眼，「蔣總找她？」

不等許常再說，溫妤馬上回房間換了件衣服衝出門。

&

任憑尤昕來辦公室之前做好了所有心理準備，可等推開門看到辦公室裡的場面後她還是嚇到了。

所有百葉簾全拉，房裡站著保鏢和黑衣人無數，最可怕的是，渣男沈銘嘉也在。

這時還在一邊讀著什麼一邊搧自己。

尤昕咽了咽口水，哆哆嗦嗦地走上前，「老，老闆，你，找，找我？」

說這句話的過程中尤昕已經腦補出了自己交代在這裡的畫面。

蔣禹赫沒抬頭，只淡淡問她：「知道我為什麼叫你來嗎。」

尤昕當然知道。

這還用問嗎。

昨天溫妤馬甲掉了，一切真相大白，現在沈銘嘉也在這被秋後算帳，她這個曾經還客串了搖一搖小白臉的幫兇怎麼可能不會被問責。

尤昕知道自己在亞盛短暫的演藝生涯可能要結束了。

無所謂，閨蜜都被眼前這個無情的男人折磨得那麼難受了，這樣的老闆繼續合作下去大家都尷尬！

寧可被炒，還不如自己先硬一把，替溫妤出口氣。

「蔣總不就是想來問我妤妤的事嗎？」

「沒錯，我就是她的同黨！」

「你好狠的心啊，那麼大的雨說趕人走就趕人走，妤妤做錯了什麼值得你這樣啊？她的確是隱瞞欺騙了，可你怎麼不問問旁邊這個渣男對她做了什麼？」

「那天妤妤剛知道自己家裡破了產，這賤人就帶個小三出來偷情，被妤妤抓到後還當面嘲諷她，妤妤一個人在京市身無分文已經很可憐了，還被你撞了，是她要碰瓷你的嗎？明明是你先撞她的啊！」

「妤妤的確沒失憶，但被你的車撞傻了行不行？被渣男氣昏了頭行不行？可別說了，我看你也是個渣男，虧得妤妤還對你一片真心，我告訴你，你倆結束了，今晚我就帶她出去找男人，場子我都安排好了。」

「說吧，要解我的約是不是，ＯＫ，我不幹了。」

尤昕是個急性子，把昨晚憋在心裡的氣全部發洩了出來，頓時舒服多了。

蔣禹赫卻聽得想笑。

果然是好姐妹，都是一樣蠻不講理。

他昨晚看到溫妤被人扶走，只看清是個女生，剛剛聽沈銘嘉說尤昕，才知道原來這女人竟然還有個閨蜜幫手。

再仔細一想，那個行蹤古怪的矮個子男人，百分百就是這位閨蜜了。

又瘋又聰明。

蔣禹赫難得笑了笑，看著她：「要解約是嗎。」

尤昕答得很大聲：「是！」

「可以，根據合約，解約你需要賠償亞盛四千九百萬的違約金。」

尤昕：「……」

算了我可不可以收回剛剛的話。

門這時碰的一聲響，有人從外面闖了進來，甯祕書跟在身後，「對不起蔣總，我——」

來的人是溫妤。

蔣禹赫目光微縮，瞬又平和移開。

他沒說話，也沒看過去，彷彿進來的只是一個無關緊要的人。

卻也沒斥退。

厲白很有眼力地叫甯祕書離開，接著又讓幾個人把沈銘嘉帶到旁邊的會客室繼續。

溫妤看到了沈銘嘉腫脹的臉，馬上也腦補出尤昕在這個房間裡受了同樣的酷刑，慌張地檢查著尤昕：「你沒事吧？」

然後又回頭對著蔣禹赫：「都是我的主意，別找我朋友麻煩好不好。」

蔣禹赫沒理她，淡淡問尤昕：「還解約嗎。」

尤昕微愣，見竟然還有轉圜餘地，馬上搖頭：「對不起老闆，剛剛只是一個誤會，是我激動了些。」

「那可以走了。」

尤昕：「……」

那你叫我來幹什麼？

就聽我激情罵你嗎？

雖然不知道蔣禹赫什麼意思，但尤昕還是馬上拉著溫妤的手往外退。

可走到門口，身後的聲音：「你留下。」

兩人均是一僵。

互相對視了一眼，溫妤知道蔣禹赫說的是自己。

她對尤昕使了個「你先出去」的眼色，尤昕搖搖頭，但還是被她推了出來。

關上門，溫妤轉身。

她沒有再往前，而是就站在門背後。

蔣禹赫坐在辦公的位置。

兩人的距離就如同現在的關係，陌生，帶著點試探。

「對不起。」溫妤決定還是自己先開口，「我對你做的事，都是我的錯，我自己負責，能不能不牽連其他人。」

頓了頓，「當然牽連到沈銘嘉我沒意見。」

蔣禹赫：「……」

還挺會利用資源的。

明明也就一晚上沒見，她臉上卻好像瘦了一大圈。

蔣禹赫沉默了會兒，「你負責？」

「溫妤。」蔣禹赫第一次平靜地喊出這個名字，遺憾的是，竟然是從前男友的口中得知。

他慢慢走過來，走到溫妤面前，淡淡看著她：「騙了我三個月，在我身邊上蹦下跳地演了三個月的戲，你覺得自己有什麼可以拿來負責？」

溫妤聽到蔣禹赫這麼叫自己，起初愣了下還不習慣，但幾秒後，她覺得莫名地輕鬆和解脫。

那些枷鎖瞬間都沒有了，她終於不用再演再裝下去。

那大家就公開談一談好了。

溫妤深吸一口氣，瞄了眼蔣禹赫，小聲又快速地說——

「我初吻給你了。」

「……」

溫妤這句話說出來後，辦公室突然安靜如雞。

兩人站的距離很近，蔣禹赫個子高，站在溫妤面前更是有種沉沉的壓迫感。

壓迫著她，一不小心沒過大腦，就翻起了兩人那筆午夜舊帳。

畢竟初吻在溫妤心裡算是一件大事，在被蔣禹赫「問責」的關鍵時刻，自知沒什麼立場，更沒什麼底氣，腦子裡唯一冒出來的便是這件勉強算到蔣禹赫頭上的事情。

但溫妤說出口就後悔了。

總覺得她這話的意思好像是在說，我騙你又怎麼樣，我給你親了。

那是不是可以反向理解為——我都出賣色相了，犧牲也很大的，你還想怎麼樣？

溫妤閉了閉嘴，試圖把這句話收回去。

「我的意思是——」

但蔣禹赫打斷了她的話。

「所以你才會覺得自己在忍辱負重是嗎。」

原本聽到是初吻的那刻，蔣禹赫怔了幾秒，之前那些被沈銘嘉影響到的種種畫面突然一下就沒了訊號似的，戛然而止。

……是初吻？

她的初吻給了自己？！

那其他的……

蔣禹赫承認，這個突然知曉的事實讓他整個人都輕鬆了幾秒，那些不正常的嫉妒也都瞬間消失。

可很快理智把他帶到一個一直想不通的問題上——忍辱負重似乎因此被解釋通了。

這三個月在蔣家，雖說剛磨合的時候蔣禹赫的確沒給溫妤什麼好臉色，但自從開始願意當她這個破哥哥幫她恢復記憶以來，自己除了那次衝動地吻了她一下，其他什麼時候不是要星星給星星，要月亮給月亮。

親姐姐他都沒這麼包容過。

之前蔣禹赫一直不明白溫妤為什麼能說出忍辱負重這個詞，她現在這麼委屈地說初吻給了自己，就全解釋通了。

蔣禹赫臉色很難看，「所以我吻你，叫忍辱？」

「……」

「那負重又怎麼說。」

男人靠得越來越近，慢慢地，一隻手撐在門後，身體微壓下來，幾乎貼著她的唇：「我上過你嗎？」

溫妤：「……」

這直球打得溫妤措手不及。

明明昨天之前，她還親暱地叫著哥哥，一夜過去，他們居然已經可以快轉到這種成人話題。

溫妤有些尷尬，被逼得也沒了退路，整張臉被蔣禹赫的氣息灼燒得渾身都在發燙似的。

她就知道自己那句話沒說好，又讓面前的男人誤會出了歧義。

也怪不得別人，是自己欺騙在先。

溫妤有些無奈地偏開頭，「我不是那個意思。」

蔣禹赫卻馬上握住她臉頰把人拉回來：「那你什麼意思。」

「……」

溫妤也不知道自己想表達什麼，可能潛意識是想拿那個吻賣個情懷，怎麼說大家也吻過一場，看在那個吻的面子上讓自己獨立承擔這件事，別牽連別人。

可現在男人明顯不 care 這件事。

也是，他身邊全是漂亮女人，難不成還稀罕她這麼一個初吻。

貽笑大方罷了。

溫妤沮喪地垂下頭，「我什麼意思都沒有，這件事的確是我騙了你，我沒有要替自己找藉口的意思。」

蔣禹赫慢慢站直，不動，垂眸看著她。

這麼漂亮的一張臉，如果不是名字叫溫妤，蔣禹赫或許早已經讓她知道玩弄自己的真正後果。

而不是輕飄飄在這裡說一句對不起。

他不再說話，鬆手走回辦公桌前坐下。

周遭又恢復了冷漠，這種冷漠更像是一種懲罰，連空氣都是涼颼颼的，讓人感受不到一點溫度。

無論是這個房間，還是坐在房間裡的那個人。

溫妤在原地站了好一會，才鼓起勇氣說：「我知道你很生氣，對不起，是我打擾了你三個月的生活，始作俑者是我，無論你怎麼恨我都是應該的。」

長長的沉默，無人回應。

溫妤感覺他好像根本不想聽自己在這廢話。

又這樣過去幾分鐘，溫妤垂下頭：「那，我可以走了嗎。」

「沒人要你來。」

「……」

果然如溫妤所料，蔣禹赫說這話的時候頭都沒抬。

剛剛那番內心獨白也是說了個寂寞。

溫妤尷尬地點了點頭，轉身：「對不起，再見……」

頓了頓——「蔣總。」

門被輕輕關上，房裡，男人氣血翻滾，筆尖遲遲壓在紙面未動。

蔣總。

好一個蔣總。

報復之前乖巧喊哥哥，報復完了就改口叫蔣總。

這女人有沒有心？

溫妤離開辦公室，尤昕還忐忑不安地在外面等她，見她平安出來才放了心。

「蔣總沒把你怎麼樣吧？」

溫妤搖搖頭，「你呢？」

尤昕：「也沒有把我怎麼樣啊。」

「那他叫你來說什麼了？」

尤昕納悶一想，「他什麼都沒說，倒是我激情把他罵了一頓，後來你來了他就叫我走了。」

「……」琢磨不透的男人。

無論怎麼樣，尤昕沒事就好。

聽許常說尤昕被蔣禹赫叫過去的時候，溫妤一下子想起了黎蔓的下場，心裡慌得不得了，想也不想就跑了過來。

「那沈銘嘉又是怎麼回事？」她問。

尤昕當然也是看得雲裡霧裡：「我來的時候就看到他在了，而且好像下場挺慘的樣子。」

頓了頓，尤昕試探道：「蔣總會不會是在幫你出氣啊？」

溫妤不知道，也不敢自作多情這麼去想。

蔣禹赫心思縝密，做的每一件事必然有自己的理由，到這個自身都難保的時候，她哪來的臉再去想那些可能。

溫妤按了按有些痛的頭，「昕昕，我出去一趟，你不用管我。」

「你不舒服嗎？」

「可能是淋了雨有點感冒，沒事。」

溫妤離開公司後，平靜多日的亞盛內部又開始震動：

【有沒有覺得辦公室娘娘好像失勢了……】

【三十九樓今天場面好壯觀，一直有人進進出出，不過都在辦公室裡，外面不知道發生了什麼。】

【盲猜一個，娘娘是不是要換代啦？】

【唉，還以為這位能鎮住老闆呢，看來也是個普通水準。】

【不過這麼多屆，也就辦公室娘娘最漂亮，期待下一任！】

&

溫妤去商場買了些禮物，然後叫車來到了醫院。

之前就說要來醫院探望何嫂，本想著情人節跟蔣禹赫坦白後兩人一起來，誰知發生了這些事。

溫妤拎著水果籃和禮物找到了病房，老何正在床頭削蘋果，茵茵在玩手機，還是何嫂先看見溫妤。

「是小魚啊。」她掙扎著要坐起來。

老何和茵茵也緊跟著發現了溫妤。

老何忙放下手裡的事，拖出身側的板凳，「小魚你怎麼來了？」

溫妤笑了笑：「我來看看何嫂。」

說話的同時拿出水果籃和營養食品，「這是給何嫂的，希望你早點恢復健康。」

又拿出一份圍巾禮盒，「這是給何叔的，圍在身上很暖和。」

最後拿出一支新型號的手機給茵茵，「好好念書，別再追星浪費時間了。」

一家人拿著禮物愣怔看她：「幹嘛突然給我們這些東西。」

「來看何嫂，順便就一起買了。上次去你們家吃餃子就不該兩手空空去的，只是那時候我……」

溫妤說著說著低下頭，停頓了很久才釋然般將過去一筆帶過，「禮物都不貴，算是我一份心意。」

其他人不知道，老何卻是親眼看著昨晚她是怎麼被蔣禹赫無視在雨中的。

「小魚，」老何好像猜到了什麼，猶豫著問：「你跟老闆沒事吧。」

溫妤聳聳肩，「沒事啊。」

老何也看不出溫妤這樣子是真的沒事還是故作輕鬆。

他真誠地說：「老闆心裡是真的有你，昨天我去機場接他，路上我聽說他在蘇城的工作都是一晚沒睡提前完成的，就是想趕著回來跟你吃飯。」

溫妤垂眸聽著，在感覺到眼眶開始發疼時馬上讓自己擠出一個笑抑制住，「嗯，我知道。」

老何雖然愚鈍，但絕不至於看不出昨晚那樣的場面意味著什麼。他沉默了很久，嘆口氣：「都怪我那晚開車走了神，如果沒有撞到你，你們不會這樣。」

溫妤搖頭：「我自己犯的錯，怎麼可以怪別人。」

她很小心地壓著衝到喉間的情緒，怕自己在病房裡控制不住，又坐了會後起身告別：「何叔，我還有事，先走了。」

何叔擔憂地看著她，「孩子，你要好好的。」

和十二姨一樣，他們都已經把溫妤當成了自己的孩子。

而蔣禹赫也對溫妤付出了所有的真心。

溫妤知道，是自己搞砸了這一切。

或者，這一切根本就不屬於她。

畢竟，一開始就是騙來的。

暴雨後的第二天，整個城市都籠罩在陰冷潮濕中，溫妤走出醫院拉了拉外套，衣服是尤昕的，她穿起來有點大。

溫妤站在廣場中心，突然發現，這個城市裡，她連一件自己的衣服都沒有。

從沒有到有，再從有到沒有，回到原點。

原本三個月前，她就應該一無所有。

溫妤閉了閉眼，再次吸了一口京市冷冽的空氣。

她攔了一輛計程車車，「大哥，去花田夜市。」

這三個月的故事都是從那裡開始發生的，如果那晚溫妤沒有去過那個夜市，就不會被蔣禹赫的車撞到。

當時夜市裡的算命老頭說，自己過了那晚一切就都會好起來。

的確如他所說，自己好起來了。

可現在又都失去了。

溫妤迫切地想找到他再問一問。

她還有機會嗎。

車往夜市開的路上，溫妤拿出手機，看著微信為數不多的幾個人裡，那個連頭像都是黑色圖案的男人。

打開對話方塊，聊天還停留在情人節前一晚，他打來視訊，檢查了走時安排給自己的功課。

他像老師一樣在那邊提問，自己在這邊回答，間隙再撒個嬌，兩人足足視訊了一個多小時。

老何說他一晚上沒睡趕工作，但還是空出了這麼久陪自己。

溫妤看著男人的頭像輕輕嘆氣，心情除了後悔還是後悔。

依他的性格，自己現在肯定已經被刪好友了。

手指在螢幕上摩挲了很久，溫妤想試探有沒有被刪，又找不到合適開口的話。

畢竟自己上午才被他從辦公室趕出來，這時總不能又死乞白賴地傳訊息給他。

而蔣禹赫朋友圈三天可見，長期沒有什麼內容，所以一時間也無法分辨兩人還是不是好友。

溫妤上網查了下，發現用轉帳可以試探。

她想了想也是，吃人家的住人家的，蔣禹赫上個月還給了自己五十萬塊零用錢。

要不還錢吧。

是個好辦法。

如果交易能正常進行，說明蔣禹赫沒刪自己，轉帳有理有據，也不會顯得尷尬。

如果交易不能正常進行，則說明自己已經被刪了。

那……溫妤也就不對著手機想東想西始終還總有那麼一點念想了。

她深深地吸了一口氣，坐正，連姿勢都特別虔誠起來。

在按下最後一個密碼時，溫妤指尖猶豫了很久，最後還是一鼓作氣按下。

【向 Jyh 轉帳五十萬元。】

抬眸。

橙色的轉帳訊息竟然成功傳過去了！

溫妤心裡一喜，他竟然沒有刪？

這種感覺就好像身處某種絕境時突然找到了一條希望的小縫，哪怕這條小縫只有髮絲那麼大，但溫妤還是因此受到了鼓舞。

也許——也許真的跟尤昕說的那樣，他只是在氣頭上。

等氣過去了就好了呢？

如果真的很惱自己的話，以他的性格應該早就封鎖自己所有聯繫方式了。

這個意外讓溫妤頓時多了幾分勇氣，她開始等著蔣禹赫的回覆。

可等了足足半小時，錢沒有收，沒有退，也沒有任何話回過來。

是在忙嗎？

溫妤只好又打出一則：【哥哥，我把錢還給你。】

剛要按傳送，溫妤發覺稱呼不對，趕緊又收回手。

她哪來的臉還叫人家哥哥。

而且這樣傳過去是在故意提醒人家當了三個月的便宜哥哥嗎。

於是改了下稱呼：【蔣總，我把錢還給你。】

傳完繼續等回覆。

而那頭，蔣禹赫其實半小時前就看到了溫妤傳來的訊息。

他原本以為這個女人會對自己說點什麼，沒想到點開一看。

呵，轉帳五十萬塊。

什麼意思？

辛苦費？

還是錢款兩清，從此再無虧欠？

這女人還挺有意思。

又過了會——【蔣總，我把錢還給你。】

蔣禹赫看到這個稱呼更氣了。

他把手機扔到一邊，雖然表面看著平靜，實際上溫妤一則訊息，就能攪得他心煩氣躁。

努力克制平復了幾秒還是無法釋懷，他拿起手機回覆：【你有事嗎？】

溫妤一愣，下意識回道：【沒有。】

頓了頓，還是沒忍住，有些委屈地打出這行字——

【我還以為你已經把我刪了……】

溫妤那個刪節號裡有太多想說卻不敢說的話，她想等，等蔣禹赫給一個訊號，至少是願意和她繼續對話下去的信號。

可等了幾秒——

Jyh：【謝謝提醒，現在就刪。】

「……」

溫妤呆呆地看著手機，感覺到那個小縫隙慢慢對自己關閉了。

她趕緊打出一行字：【那我祝你未來一切都好。】

可打完卻遲遲沒有發出去。

她現在說這樣的話不虛偽嗎。

她騙了他三個月，就不要再說些沒有意義的話了。

他本來就是天之驕子，是被別人圍繞簇擁的男人，不用自己祝福也會過得很好。

況且蔣禹赫那個人說一不二，說刪肯定已經刪了。她現在再傳，收到的也只會是官方彈出的對方已經非好友的通知。

算了，就這樣吧，這樣也好，看起來他還在好友列表裡，就當他從沒有刪過自己。

留著這個完整的對話頁面做個紀念好了。

溫妤默默刪掉了想要傳出去的訊息，關掉對話視窗。

也就是同時，司機停下了車，疑惑道：「咦，這裡以前是花田夜市啊，怎麼全拆掉了。」

溫妤朝窗外看去。

那個記憶中熱鬧又溫情的夜市如今竟然變成了一片荒涼平地，似乎有別的改造計畫。

溫妤額頭滾燙，怔了很久，忽然有種強烈的不真實感。

她不禁開始懷疑，這裡真的存在過嗎。

還是，只是自己做的一場夢而已。

一連好幾天，蔣禹赫沒有再收到溫妤的訊息。

他知道她住在尤昕那邊，但也僅僅停留在「知道」這個層面，沒有進一步的行動。

他的理智不允許自己去找她。

知道她在那就夠了。

這天上班，一樓大廳，蔣禹赫等電梯的時候，不經意看到了尤昕。

尤昕和一群朋友走在一起，看到他像看到鬼似的掉頭就走，蔣禹赫卻下意識叫住了她。

「尤昕，過來。」

尤昕千躲萬躲想最近避一避風頭，沒想到還是在這遇到了蔣禹赫。

她只好硬著頭皮上前，假裝那天激情辱罵的事從沒發生過。

「老闆早，老闆吃飯了嗎？」

蔣禹赫皺了皺眉，也不知道自己為什麼就把她叫了過來。

或許是沒看到還好，看到了，那股衝動便怎麼都控制不住似的，想要知道她在幹什麼，甚至想看她一眼。

蔣禹赫不想問得那麼直接，平靜道了句：「改天叫她來一趟辦公室，有份文件不知道被她放哪了。」

尤昕一愣：「誰啊？」

反應過來，她「啊」了聲，「你說好好嗎？」

「她回江城了啊，前幾天就走了。」

蔣禹赫：「……」

第十二章　主動就會有故事

臨近四月，江城的春天來得早，這幾天氣溫一度飆到了十七度，溫妤起床拉開窗簾，滿室被照進了陽光。

連續的好天氣也在不斷治癒她的心情。

溫妤回江城已經快一個月了。

淋雨後的第二天她從花田夜市回去就發起了高燒，尤昕害怕出事，不得已聯繫了溫清佑。

溫清佑乘坐最早的班機趕到京市，這次再也沒任由溫妤的性子，連夜把人帶回了江城。

再之後，溫妤便被親哥哥下了禁足令，哪裡也不准再去。

其實，就是不准再有回京市的念頭。

溫清佑早就料到了溫妤會有這一天，因此一直留在國內沒離開。

好在這一切都瞞著溫易安，老父親什麼都不知道，還以為女兒是在京市工作辛苦，被哥哥帶回了家。

八點整，周越打來了電話：「起來了嗎。」

溫妤一邊換衣服一邊回他：「起來了，我吃點東西就去開會。」

「嗯，路上慢點，今天大霧。」

掛了電話，溫妤快速洗漱，結束後兩片烤麵包也已經出爐，她倒好牛奶，吃飯間隙迅速瀏覽了娛樂圈和投資圈的新聞。

上午八點半，溫妤出門。

開的還是她的那輛法拉利紅色 LaFerrari。

二十分鐘後，溫妤到達江城某高檔辦公大樓的停車場，接著直達這棟大樓的十二樓。

一二〇一，一個差不多三十坪的辦公室。

入口櫃檯的背牆上寫著公司的名字——「Pisces 娛樂」

「我們的資料已經全部送給主辦方了，據說所有參加拍賣的資方裡，我們是規模最小的一家。」

「小沒關係，他們不是也有很多小ＩＰ嘛，我們從小做起，慢慢發展。」溫妤指著桌上的一份文件，「吶，這部《後宮俏佳人》就不錯，我看過原著，人物有張力，劇情也很幽默，適合小成本網劇。放心，我們不跟人家爭大熱門，沒問題的。」

周越點頭，「你覺得好就好，畢竟跟在他後面耳濡目染了那麼久。」

「……」

氣氛倏地就靜了下來。

溫妤嗯了聲，面上毫無波瀾，心裡卻已然被這一句輕飄飄的話打亂。

她裝作不在意地去倒水，周越又在身後問：「明天他會來嗎。」

「……」

水緩緩流入杯子裡，溫妤沉默了會，

「不會。」

「當時這場版權拍賣大會他們公司開過會的，會是版權部的負責人直接過來。」

要不然她也不敢報名參加。

時間不長也不短，兩人有快一個月沒見了。

最初那幾天燒得昏昏沉沉，夢裡都在哭著跟他說對不起，後來好了，醒了，發現自己在江城，總覺得過去的那三個月不真實。

好像只是睡了三個月，渾渾噩噩的一場夢而已。

而那個人，也沒有再出現過。

溫妤思緒走神，被一通電話拉了回來。

周越幫她拿起手機：「你爸爸打來的。」

「妤妤，在公司忙嗎？晚上你柳叔叔請我們吃飯，說是介紹一個這行的前輩給你認識認識，對你事業也有幫助。」

溫妤嘆口氣：「不用了吧爸，我和越哥還在整理明天參加競拍會的資料，還有很多工作要準備。」

「妤妤，爸爸雖然沒涉足過娛樂業，但每行每業都是一樣的，人脈關係非常重要，你那個小公司現在才剛剛成立，多認識點人對你只有好處，何況還是你柳叔叔介紹的，聽話啊，晚上杏盛酒樓，七點，跟阿越一起來。」

掛了電話，周越也勸溫妤：「叔叔說得沒錯，人脈很重要。」

溫妤當然知道這個道理，只是明天就是競拍會，她有點緊張，想把各種工作都做到位罷了。

「不用那麼緊張，」周越安慰她，「競拍項目而已，你不熟，我熟。」

華度集團破產了，周越卻沒有離開，三個月左右解決了所有收尾工作後，恰好又遇到溫妤病癒想自己創業開公司。

反正都要招人，溫易安當然極力推薦這個跟了自己多年的優秀男人繼續輔佐女兒——「有阿越幫你我放心。」

溫清佑也贊成父親的安排，原本還想掏腰包贊助妹妹創業，但溫妤很倔，誰的錢都沒要，抵押了自己名下的車和房開了這家 Pisces 娛樂。

下午四點，一架私人飛機緩緩落地江城機場。

機艙內，一位長髮女人看著窗外感慨道：「江城比京市暖和多了，怪不得都說這裡四季如春呢，我最喜歡這樣的城市了，一看就適合手牽手談戀愛。」

蔣禹赫無語掃她一眼：「你到每個城市都這麼說。」

「那又怎麼樣。」蔣令薇瞥了眼自己的弟弟：「起碼我保持著對戀愛的熱情，不像你，媽生你的時候是斷了紅塵念想還是怎麼的，你有沒有喜歡過女人啊？」

這個問題蔣禹赫幾乎被問了一路。

他嘆了口氣，心想就不該同意讓蔣令薇跟著一起來出這趟差。

兩週前蔣令薇和奶奶從美國回來，家裡一下子熱鬧了很多。

總算，把蔣禹赫從那種無法解脫的窒息和沉悶中拉出來了些。

「小乖，待會晚上你是不是有個應酬，我就不去了吧？」蔣令薇說。

蔣禹赫皺眉，「我說幾次了別這麼叫我。」

「這麼叫你怎麼了，姐姐從小到大都這麼叫，長姐如母不懂嗎？你又沒結婚。」頓了頓，蔣令薇好整以暇地望他：「有本事你結婚啊蔣禹赫。」

「……」

蔣禹赫從小就被蔣令薇以姐姐的身分克制著，兩人相差兩歲，蔣令薇精通五國語言，實力相當強，是亞盛的法律顧問，高層之一。

只是她生性偏好自由，心思不全在家族生意上。

汽車來接兩姐弟，蔣令薇說：「晚上我去江城的酒吧坐坐，你不用管我。」

誰想管你。

蔣禹赫淡淡瞥她：「你小心點，別玩出火。」

蔣令薇嗤了聲，不屑道：「你姐姐我是高階玩家，眼光很高的好不好。」

頓了頓，看著窗外感慨道：「這麼久也就看上了一個。」

蔣禹赫難得從姐姐眼裡看出了幾分不一樣的眼神，「認真的？」

蔣令薇馬上坐正，戴上墨鏡，高貴冷豔：「想什麼呢，我不婚的。」

汽車很快將兩人送至飯店，稍作休息後就到了晚飯時間。

蔣禹赫換了身衣服準備赴約。

上車後厲白遞給蔣禹赫一張紙：「地址查到了。」

蔣禹赫掃了一眼，沒說什麼，摺疊好了收進口袋。

厲白神色擔憂地問：「今晚這個飯局必去嗎，這一個月你都沒怎麼好好休息，我怕你身體熬不住。」

「柳叔和我爸有點交情，他開口，我過去喝一杯給個面子就走。」蔣禹赫的確很累，說話的聲音也很平。

「那……」厲白猶豫很久才問，「什麼時候去找她。」

然而後座的男人很久都沒回覆。

厲白悄悄回頭，發現他已經闔眼養神，便沒再打擾，只叮囑司機輕開慢停，儘量讓蔣禹赫能休息會。

蔣禹赫雖然沒開口，但厲白也知道，江城此行本就是為了溫妤而來。

版權競拍大會原本這個月在蓉城舉行，誰知主辦方和當地政宣部門之間出現了一些問題，後來徵求蔣禹赫的意見，想就近把活動換到江城或花城舉行。

他選了江城。

甚至，親自過來了。

旁人或許不知道原因，但厲白很清楚蔣禹赫心裡的那個結，從沒放下過。

就這樣安靜地開了十分鐘，車駛入緊挨著交月江旁的主街大道，正是晚上的高峰期，周圍車流來來往往，暮色籠罩了江岸，水面上浮著無數起伏的燈影。

忽然，身後由遠及近地傳來一陣引擎聲。

這轟鳴聲十分囂張，直接把蔣禹赫都吵醒了。

他側目，只見一輛法拉利紅色 LaFerrari 從自己乘坐的商務車旁邊一閃而過，一陣風似的就過去了。

厲白直搖頭：「我要坐那車上肯定受不了。」

前排的司機見慣不怪地說：「唉，你們不知道，這是我們江城鼎鼎大名的跑車玩家，一個女生，人漂亮不說，車玩得比很多男人都厲害。」

蔣禹赫原本已經要繼續闔眼，誰知前排司機又補充了一句——「就是可惜了，家裡破產，現在自己在創業呢，還挺有韌性。」

破產兩個字，成功拉回了蔣禹赫的注意力。

厲白也察覺到了微妙的關鍵字。

他看到了蔣禹赫的眼神，馬上問司機，「你說的這位女生，叫什麼名字？」

司機笑，「以前的華度集團大小姐啊，江城誰不知道她，溫妤，老闆認識嗎？」

厲白：「……」

蔣禹赫：「……」

車這時剛好遇到紅燈停下，溫妤那輛顯眼的紅色停在第一位。

半晌，蔣禹赫不動聲色道：「跟上去。」

司機一愣：「啊？」

厲白指著前面：「叫你跟就跟。」

好傢伙，這可把年近五十的老司機難到了。

溫妤開車極野，靈活得像條蛇似的，跟得老司機一頭汗，拚了命才沒跟丟。

蔣禹赫想起第一次把她從療養院帶回家的路上，他故意開得很快，而她當時是什麼反應？

蔣禹赫到現在還記得她當時可憐巴巴的樣子——抓著扶手，「哥哥我害怕。」

再看面前這個江城知名跑車選手，蔣禹赫一時間都不知道該氣還是該笑。

巧的是，溫妤的車也停在了杏盛酒樓門口。

老司機跟著停好車，在一旁悄悄擦汗喘氣。

蔣禹赫卻沒動，看著前面紅色的車。

須臾，側面副駕駛就先出來了一個男人。

白襯衫，金邊眼鏡，有點眼熟。

頓了頓，主駕駛位置也有人出來了。

門開，先看到的是一雙被高筒長靴包裹的大長腿，緊接著便是很短的黑色短裙，和一頭順肩滑下的長捲髮。

身影從車裡而出，站直。

她的臉，她的人。

她的身體。

逐漸在蔣禹赫眼裡聚焦，集中。

男人拿了件風衣從車後繞前遞給溫妤，不知說了什麼，展開衣服強制性地披到了她身上。

兩人並肩走進了酒樓。

這每一個動作訊息量都極大，且都是能讓後面這位爆炸的程度。厲白心臟都跳到喉嚨了，默不作聲地看了眼後視鏡。

蔣禹赫眼眸暗沉得如這時的天，捲著殘雲，深不見底。

司機早已大氣不敢出一聲，厲白唯有努力緩解寬慰，「也許，只是朋友。」

蔣禹赫卻沒接他這話，淡淡移開視線，好像什麼都沒看到似的，眼裡十分平靜。

但厲白知道，越是這樣的平靜，那些被沉積壓制下去的，就越是可怕。

&

上樓的時候，溫妤一邊扣風衣一邊對周越說：「你能別跟我哥一樣把我當小孩嗎。」

「那不行，」周越邊走邊回她：「你哥走之前交代過我不能再讓你冷到，上次都燒到肺炎了，晚上天涼，保點暖沒壞處。」

「……行行你們說了算。」

溫清佑去了B市有事，周越直接成了第二個溫清佑，事事都當親哥似的管著。

溫妤扣好風衣的同時也找到了包廂，推開門，溫易安已經到了。

身邊還坐在那位老相識柳叔叔。

「妤兒來啦，快，這是柳叔叔，還認識嗎？」溫易安招手介紹。

溫妤恭敬上前：「您好柳叔叔。」

柳正明以前和溫家是鄰居，後來舉家移民到了國外，這次回來探親，得知老鄰居事業不順，好在女兒聰明積極，現在努力創業，他當然要幫忙扶襯一把。

「好兒都這麼大了，大姑娘了，坐吧。」柳正明說：「說來也巧，我在美國的鄰居，他們家就是做這行的，不誇張的說那個家族在這個圈子都是頂尖的，不過那兩口子現在專注過二人世界，生意都交給兒子在打理，剛好他今晚也在江城，我就想著讓你們見個面，以後對好兒事業有幫助也好。」

溫妤沒注意聽這些，她差點遲到，火急火燎地趕過來，現在口渴得很。面前有已經上好的茶，溫妤端起來剛喝了兩口，便聽到身後門開，緊接著柳正明起身道：「喲，客人來了。」

溫妤趕緊咽下口中的水，誰知一回頭，卻穩穩撞上了一道熟悉的黑色身影。以及那個自己看一眼就會亂了方寸的淡漠眼神。

溫妤感覺剛剛喝下去的水瞬沸騰了。燒得她從腳後跟到頭皮都在發燙發麻。

她愣怔地坐在圓桌旁，看柳正明熱鬧地上前迎人，又在說著什麼客套話，氣氛再正常不過。可她卻什麼都聽不見了似的。

周圍的一切都彷彿瞬間消了音，周圍的人也都跟著虛化了般，她眼裡只有站在自己面前的那個身影。

溫妤難以置信，又不知所措。

怎麼會是他……

「好好？」溫易安的聲音拉回了她，提示道：「你柳叔叔幫你介紹呢，你發什麼呆，這是蔣總。」

溫妤緊緊看著蔣禹赫，莫名覺得嗓子好像被什麼堵了似的，發不出聲音。

但她還是機械性地站了起來，伸出手：「蔣，蔣總。」

「你好，溫小姐。」蔣禹赫的語氣聽不出一絲波動，真就和陌生人打招呼一般的平靜。

柳正明還沒來得及認識周越，忙問身邊的溫易安，溫易安笑了笑，在他耳邊不知道說了什麼，柳正明大笑道，「懂，懂！」

接著便意味深長地對蔣禹赫介紹道：「這位叫周越，是小妤的得力助手，也是我老鄰居將來的乘龍快婿，你懂的哇。」

「……」

什麼婿？

溫妤眉心一跳，馬上跟周越站開了些，並嚴肅聲明，「柳叔叔，不是，絕不是。」

然而她這點微弱的聲音很快被兩個老鄰居的笑聲淹沒，大家沉浸在相聚的快樂裡，根本沒人在意這個解釋。

「來，禹赫，這裡坐。」

「好。」蔣禹赫依然風平浪靜。

他從溫妤身邊面無表情走過去，好像經過的是一個完全不認識的人。

大家都坐定後，周越靠在發呆的溫妤耳邊提醒她：「先坐下，其他晚點再說。」

溫妤這才醒過神，順著位置坐下來。

但這頓飯她吃得食不知味，心不在焉，偏偏那邊，毫不知情的溫易安還發揮自己強大的應酬能力，不斷讓溫妤和蔣禹赫碰杯示好。

溫妤如芒刺背，明明自己之前也參與過類似的商務應酬，遊刃有餘談不上，但倒也不會像現在這樣，像個木偶般完全被溫易安牽著走。

好不容易吃到中場，蔣禹赫的手機響，不知是誰找他，他淡淡報了包廂號碼。

兩個老鄰居估計是喝多了酒，結伴去了洗手間。

包廂裡頓時就剩溫妤和蔣禹赫，周越三個人。

不知情的人都離開了，剩下的人就沒必要裝腔作勢了。

蔣禹赫手裡握著酒杯，眼神涼薄地在周越身上掃了兩眼，驀地笑，「是你。」

他這個笑很有深味，既有種恍然大悟的自嘲，也有種通透過後的不屑一顧。

蔣禹赫記憶力驚人，很快就認出這就是當日被溫妤稱為迷路後遇到的「好心人」。

可想而知這女人在自己面前到底演了多少場戲，而且還是這種明目張膽的欺騙。

周越主動伸出手：「好久不見，蔣總。」

蔣禹赫視線落在他手上，凝神片刻又收回，輕抿一口酒，沒有想要回應的意思。

他眼底滿是輕慢，周越就這樣被尷尬晾在一旁。

溫妤猜想蔣禹赫一定是惱周越竟然也是自己安排的演員這件事，於是張了張嘴，試圖說點什麼：

「蔣總，其實——」

包廂門這時突然被推開，一個漂亮女人站在門外，對蔣禹赫問：「結束了沒？」

溫妤：「……」

蔣禹赫沒回頭，只看著溫妤，「其實什麼。」

他身上那股氣場太冷，以至於溫妤每次想靠近他一點都被嚇退回去，現在又看到有女人來找他，更是閉緊了嘴。

「沒，沒有，我就想問你吃飽了沒。」

……

我他媽氣飽了差不多。

蔣禹赫靜了幾秒，抽開餐巾起身往外走。

溫妤一愣，「你要走了嗎。」

蔣禹赫卻沒再回應她，徑直離開了包廂。

溫妤頓了幾秒，還是沒忍住追了出去。看著那個漂亮女人勾著蔣禹赫的手臂，有說有笑地不知在說什麼給他聽。

但他還是那個表情，平平淡淡的，看不出任何起伏。

飯局就這樣戛然而止。

原本蔣禹赫就只想過來喝一杯就走，卻沒想到，要見面的這個「後輩」，竟然是溫妤。

原來世上真的有那種奇妙的緣分。

你掙扎猶豫要不要去找回的時候，上天總會以各種各樣的際遇讓彼此再次相見。

然而再次相見，卻像個笑話。

「我白跑一趟，江城最出名的酒吧今天休息整頓，後天才開業，我們後天還沒走吧，到時候一起去怎麼樣。」蔣令薇說了半天見弟弟沒回覆，轉頭一看。

蔣禹赫臉色很黑，領帶也被抽開了大半截，看起來很不爽的樣子。

蔣令薇鮮有看到弟弟這樣煩躁，頓了頓，「怎麼了？」

蔣禹赫不想說話，只道：「我現在送你回飯店。」

蔣令薇感覺不妙：「你去哪？」

去哪？

當然是去該去的地方。

&

飯局草草結束，溫易安和柳正明老鄰居難得見面，留在酒樓繼續把酒言歡，溫妤無心作陪，應付了會後自己開車回家。

她不知道為什麼柳正明推薦認識的「前輩」會是蔣禹赫。

早知道是他，她打死都不會來。

又來體會一次這樣被冷漠對待的滋味不是找虐嗎。

溫妤悶悶不樂地回到自己住的公寓，在停車場裡待了會，默默拿出手機。

蔣禹赫的微信還在好友列表的置頂裡，這一個月裡溫妤只要拿出手機就會看到他。

但卻不會去點開。

自己已經努力試著去忘記在京市的三個月了，他忽然又出現。

把自己好不容易維持住的清明全部打亂。

這個討厭的男人。

溫妤鬱悶地趴在方向盤上，看著兩人微信裡最後的對話。

Jyh：【謝謝提醒，現在就刪。】

沒心的男人。

說刪就刪。

怎麼說也叫了你三個月哥哥啊。

溫妤沮喪地嘆了口氣，下車，進電梯後內心還是無法平靜。

滿腦子都是剛剛在酒樓遇見蔣禹赫的畫面。

從頭到尾，他好像就沒正眼看過自己。

那種感覺太難受了，溫妤寧可躺家裡再得一次肺炎都不要看那樣的眼神。

她盯著手機走神，電梯叮一聲到時，她站直往外走，卻鬼使神差地，邊走邊在對話視窗裡打了一行字：【一個月沒見，你就這種態度對我嗎，你有沒有心啊……】

不敢當面吐槽他，對著他的微信吐槽也稍微可以解一解鬱悶吧。

溫妤決定了，以後想到他的時候就來這個微信裡說，反正他把自己刪了也看不到。

把那段話按下傳送的一刻，溫妤吐槽的欲望得到了極大的釋放，可那股輕鬆才體驗了一秒，她忽然愣在原地。

整個人怔怔地愣住。

綠色訊息非常正常地顯示了傳送。

官方也沒有彈出任何非好友的提示。

溫妤驚呆了。

短短半秒，大腦陷入強烈又茫然的空白，比沒了訊號的電視還白。

他不是「現在就刪」的嗎！

怎麼沒刪啊！

啊啊啊啊啊啊啊！

亂歸亂，溫妤還好尚存一絲理智，她手忙腳亂地去按收回，可就在要去操作時，樓梯間忽然清晰地傳來一聲鬼魅般的新訊息通知音。

溫妤的公寓是一層兩戶的，她從電梯出來朝左轉走兩步就是自己的家。

所以現在的通知音是……？

驀地，直覺使然，溫妤有個不理智的，卻又很可怕的猜測。

她緩緩抬起頭，很快便看到一雙黑色皮鞋，再往上黑色筆直的褲腿，漫不經心，卻又冷淡逼人的身影。

男人靠在門前，視線從手機上收回，淡淡看她：「你想要我什麼態度？」

溫妤：「……」

「開門。」他命令般地說。

蔣禹赫身上有一種天生的領導力，以至於他只是往那一站，淡淡兩個字，溫妤便乖乖開了這個門。

她也清楚，自己沒有第二個選擇。

房內，溫妤將蔣禹赫引到沙發處，故作淡定地說：「你先坐，我去幫你拿點喝的。」然後跑去廚房關上門，平復自己接近瘋狂的心跳。

大半夜的，都快十點了，他是怎麼找到自己家的？

不過也正常，只要這個男人想做的，又有什麼是他做不到的呢。

別說自己在江城，就算是出國了，蔣禹赫也有的是本事把自己翻出來。

可他來幹什麼？

還有這可惡的微信，怎麼又翻車了！

啊啊啊啊我待會出去要怎麼解釋！

溫妤一邊在心裡吐槽一邊手忙腳亂地找喝的。

溫清佑回江城後花錢買回了原本的溫家別墅，溫易安便搬回了家。現在這間單身公寓是溫妤住著。

她一個人沒什麼講究，喜歡在冰箱裡囤一堆食物飲料，然而最近太忙，冰箱也忘了及時補給，現在打開才發現，最後的一瓶礦泉水今天早上被自己拿去喝了。

現在冰箱裡只剩幾瓶旺仔牛奶。

溫妤腦補了下請蔣禹赫喝旺仔的畫面，怎麼看都覺得自己好像在對他進行某種另類的挑釁。

放棄了牛奶，溫妤忽然想起自己每天睡前都喝兩口的紅酒。

雖然這個時間這個地點請人喝酒也有些奇怪，但總歸比旺仔要正式點。

臨時救急，顧不上那麼多了。

溫妤拿出兩個玻璃酒杯，倒了兩杯酒走到小廳，在蔣禹赫對面坐下。

輕輕把杯子推給他，「不好意思，家裡只有這個了……」

蔣禹赫睨了眼，嗤道：「你還挺享受。」

「……」

大概是有些緊張，溫妤覺得嗓子乾得厲害，便自己先喝了一口潤嗓，而後還故意笑了笑，笑完又尷尬地停在了那。

沒人開口，凝滯的氣氛太磨人了。

蔣禹赫本來就不是上來跟她觀星賞月聊人生的。

他們之間還有一筆很厚的帳。

並不是溫妤說不想算，就不算了的。

清晰地認識到這一點，溫妤沮喪地垂下頭，不再故作淡定。

「你想說什麼，可以開始了。」

蔣禹赫眼神從她臉上掠過，掏出兩個小玩意兒，冷冷淡淡地丟到桌上。

「這個不帶走，是要留下來提醒我怎麼被你騙的嗎。」

溫妤垂眸，身體微微僵硬了一秒。

是那對袖釦。

現在靜靜躺在桌上，好像變成了一文不值的垃圾，沒了任何吸引人的光澤。

溫妤知道以蔣禹赫的能力，一定早回味過來這對袖釦起初購買的意義。

可真不是。

到了現在已經不是那個意思了。

溫妤還記得蔣禹赫把這對袖釦戴到身上時，她心裡那種莊重虔誠的宿命感。

明明就是命中註定給他的東西。

不然為什麼他的名字那麼巧也有個J。

溫妤忽然倔強地推回去：「我送出去的東西不收回。」

「你是送給我的嗎。」

溫妤肯定地看著他：「是。」

驀地，蔣禹赫笑了。

「你以什麼身分送我的。」

「……」

溫妤剛硬了三秒又弱下去，不知要怎麼回答。

面對面坐著，這一聲冷笑忽然讓溫妤夢回情人節那晚——他們也是這樣面對面坐著，兩杯紅酒放在各自面前。

溫妤不知道自己是不是著魔了，突然之間就好像有個聲音在她耳邊說：「老師給你重考的機會了哦，把握住！」

還重考。

瘋了吧。

溫妤晃了晃頭，馬上又喝了口紅酒試圖讓自己靜一靜。

垂眸瞬間，她從杯子裡看到自己頸部小紅寶石折射出的光，一頓，想到了答案——「你以什麼身分送我項鍊，我就以什麼身分送你袖釦。」

蔣禹赫：「……」

這張嘴特別會說，現在還知道跟自己玩起了踢皮球的把戲。

「溫妤。」蔣禹赫輕輕淡淡地看著她，「你是不是覺得自己很聰明。」

從翻車之後這男人就都是這樣冷漠地喊自己的全名。

溫妤，溫妤。

明明以前都叫自己魚魚的。

男人都是翻臉無情的動物。

再想起晚上看到的那個女人，溫妤莫名把話生硬又酸澀地堵了回去，「沒你聰明。」

沉默幾秒，蔣禹赫突然就失去了耐心。

他不知道自己為什麼要來這裡，明明被騙的是他，到最後跑的是她，堅持不住先投降的卻是他。

「所以你是覺得我應該配合你，再蠢一點，讓你繼續騙下去玩下去？」

「我沒有。」溫妤快速接了這三個字。

她抬起頭，看著對面的蔣禹赫，幾番想說些什麼，但話到嘴邊卻似乎又不知怎麼開口。

就這樣糾結了許久後，溫妤終於放棄了自己試圖維持住的自尊和面子。

「情人節那晚我本來就是想跟你坦白這件事，誰知道你提前發現了。」

鼓起勇氣說出第一句，那些積壓在心底的委屈便一點一點湧出來。

「我做了那麼久的心理準備，在家裡反覆演練了上百次，怕你不肯原諒我，故意選了情人節，還買了禮物給你，穿了漂亮的裙子，噴了好聞的香水。」

「我想跟你自首，可你沒有給我這個機會。」

種種情緒都不用醞釀，大概是在心裡沉澱了一個月，這一刻終於坍塌爆發。

溫妤眼眶泛紅，淚含在眼睛裡，卻還是固執地不肯流出來，「所以你那麼聰明幹什麼，你讓我先開口不行嗎。」

蔣禹赫盯著溫妤的眼淚，頓了頓，移開視線看窗外。

他不想去看這張臉，這張用眼淚欺騙了他太多次的臉。

可逼迫自己不去看，並不能因此而換來平靜。

她每抽泣一次，自己的心就跟著擰一次。

「你坦白了我就一定要原諒嗎。」他強硬地說。

「法律上都有坦白從寬，我主動坦白你會連夜趕我走嗎，會讓我淋雨嗎，會讓我發高燒得肺炎在家裡昏睡一週嗎。」

說到這溫妤委屈極了，那一週自己手背上戳的針比自己從小到大加起來都多。

「……」

蔣禹赫皺了皺眉，本想追問生病的情況，但試想之下，那麼大的雨，淋到發高燒也是正常。只是當時的他實在太憤怒，情緒被左右，忽略了這個可能。

安靜半晌，蔣禹赫口氣放軟：「那現在好了？」

「沒有。」溫妤吸了吸鼻子，「現在有時涼了還會咳。」

說著說著溫妤就真的咳了起來，一聲一聲，就差把肺擺出來給人看。

蔣禹赫：「……」

他冷漠地看她認真表演，最後還是無奈別開臉，壓住唇角笑意。

終於，熟悉的味道到底還是來了。

溫妤剛剛放縱自己說了一番真心話後，聽到蔣禹赫竟然願意關心她，忽然覺得他們之間的死局好像不是那麼不可挽回了。

他沒刪自己的微信。

他來家裡找自己。

他現在還關心自己好了沒有。

那當然必須沒有。

我很脆弱的。

種種跡象都是不是在說明，自己還有機會？

溫好的賊膽頓時膨脹了一倍。

她仍然保持著抽泣的狀態，想起那句「重考」，又喝了口酒壯膽，徹底開始哭著自首：「我承認我騙了你，可你站在我的角度，那天我來京市，先看到沈銘嘉劈腿，後來得知家裡破產了，我在這個人生地不熟的城市，像沒了魂一樣在街上遊蕩，結果還被你的車給撞了。」

「你還能找出第二個像我這麼慘的嗎。」

「我是沒失憶，可如果是你，在那麼崩潰的時候突然出現一個能幫自己反殺的金手指，你不心動嗎。」

蔣禹赫還沒來得及開口，溫妤又委屈地說：「何況你還那麼帥。」

蔣禹赫：「……」

想說的話馬上就被這句給憋了回去。

不錯，還學會了打一下再給顆糖的手法。

蔣禹赫還是不說話，但抽了張衛生紙遞給溫妤。

溫妤哭的間隙抽空說了聲謝謝，說完又馬不停蹄地繼續——

「我那時候是真的被撞懵了，滿腦子都是那個渣男嘲諷我的話，我承認自己沒有你那麼沉得住氣，我就是個沒腦子的女人，庸俗、幼稚，當時只想讓他原地爆炸。」

「我錯了，也跟你說了很多次對不起了。但其實我除了頂著你妹妹這個身分外，一次都沒有利用過你。」

「不僅沒有。」溫妤抽搭搭地抱怨，「第一次我開副本他的時候，你還幫他做公關。」

緊接著又是一句自我肯定——

「可我生氣了嗎，我沒有，那天我還幫你按摩捶肩了。」

蔣禹赫：「……」

你真善良。

「微博我自己發的。」

「蹲他我自己設計的。」

「全程利用過你的資源嗎。」

「我沒有讓你出過一次面啊嗚嗚嗚。」

「我能有什麼壞心思。」

「我不過就是想開開心心地做你妹妹罷了。」

蔣禹赫：「……」

還越說越有理了。

溫妤眼淚撲簌簌地掉，雖然有些誇大的成分，但那股憋了一個月的勁也不全是演出來的。

「我明明可以走的，走了你也什麼都不知道，可我又回來了，就是因為想跟你坦白。」

「順便拍個我的影片給他是嗎。」

溫妤嗯了聲，等反應過來又坐直搖頭：「絕對沒有的事。」

「你沒拍？」蔣禹赫不信。

「拍了。」溫妤抬手抹了抹眼淚，很委屈地說：「但我絕對沒有暴露你一絲一毫，我承認我偷拍了你的辦公桌讓沈銘嘉相信我，我利用了你的桌子，如果你覺得有必要，改天我親自去對你的桌子說一聲對不起。」

「……」

蔣禹赫一時竟被她給說得繞了進去。

等於她一點毛病都沒有，還是自己錯怪了她，傷了他們的兄妹之情。

就他媽無語。

蔣禹赫受不了溫妤的哭聲，剛剛一邊哭一邊說還不覺得，這時似哭非哭的嚶嚀兩聲，時不時還喘個氣。

又作又媚。

聽得他找不到定處似的，心裡發癢。

他看著她，「說就說，別哭。」

溫妤拿不準蔣禹赫這話到底是讓步還是沒讓步。

一個月沒相處，對他的脾性都有些生疏了。

但都這時候了，溫妤也沒有別的辦法，成敗就在今晚，情人節那晚的套路雖然遲到了，但既然現在已經邁出了第一步，硬著頭皮也要走完整個流程。

溫妤咬了咬牙，忽然起身。

蔣禹赫：？

走到蔣禹赫面前，溫妤狠了狠心，坐到他腿上，一副破罐子往破裡摔，死豬不怕開水燙的樣子。

眨了眨濡濕的睫毛，撒嬌又委屈地蹦出兩個字：「就哭。」

蔣禹赫：「……」

「你不原諒我，我就要哭。」順便還假意威脅：「我能哭兩個小時。」

就問你怕不怕。

女人身上自然的沐浴香若有若無地往呼吸裡鑽，可蔣禹赫的臉色莫名就沉了下來，聲音也冷冷的。

「你很喜歡往男人身上坐嗎。」

溫妤愣了下，沒想到他竟然是這麼個反應。

變了，變了，這個男人沒以前好哄了。

溫妤垂下眸，感覺自己可能的確是演過了頭，頓了頓，打算老實點起身。

可就在腿發力要站起來那一刻，一隻手忽然又從背後圈住她，把她拉回去坐下。

「還是你覺得，我蔣禹赫的腿，你想坐就坐，想走就走。」

溫妤：「……」

他的話滲著冷意，手卻是灼熱的。

密密麻麻在溫妤腰間放了一把火。

溫妤的腰很敏感，不自在地躲了兩下，卻被往回一收扣得更緊：「我在問你話。」

這一下更是讓兩人幾乎快貼到一起，溫妤嚇了一跳，伸手抵在了蔣禹赫胸前。

這個下意識的動作把蔣禹赫看笑了，「怎麼，怕了？」

的確，溫妤此刻心跳飆得有點快。

但這不是怕。

她好像從來都沒有這麼近距離地看過蔣禹赫，凝眸望他，那雙眼睛漆黑濃重，冷意難平。

可不知道為什麼，或許是今晚風太動人，溫妤總有一種錯覺，從這個男人冷漠克制的眼神裡看到了藏在最深處的溫柔。

對話停在了那，空氣這一刻彷彿停止了流動。

兩人的視線從未這般近地靠在一起。

客廳開了一扇窗，微暖的風時而輕送進來，吹起溫妤的長髮，掠過男人的手背，不斷放大著手間握著的柔軟觸感。

溫度在悄悄上升，氣息也早已不知不覺交纏在一起。

溫妤能感覺，蔣禹赫看自己的眼神開始發生了變化。

可能有欲望，但更多的是矛盾衝擊後的無奈退讓。

是溫妤熟悉的那種妥協。

她鼻子一酸，沒忍住輕輕道：「我錯了，原諒我好不好。」

頓了頓，久違一聲，「哥哥。」

「……」

許久之後，蔣禹赫鬆了手。

鐧。

「下去。」他啞著嗓子別開視線，終於發現，原來自己內心對溫妤的偏愛，已經是她最大的殺手

一聲哥哥就夠了。

他無可奈何。

蔣禹赫心煩意亂地隨手拿起桌上的一瓶水，等喝到一半才發覺溫妤愣愣地看著他。

「看什麼。」

溫妤眼淚還掛在臉上，咽了咽口水：「……沒什麼。」

那瓶水是她早上喝過的而已。

身上到處是她濕噠噠的眼淚，那股味道好像附著在皮膚上，慢慢滲入肌理，攪得人心神不寧。

蔣禹赫按了按眉骨，也不知道自己為什麼要找過來受這麼一齣。

他站起來走到視窗，背對著溫妤開始一個釦子一個釦子地解開襯衫。

溫妤站在一旁看傻了，「你，你幹什麼……」

「把我那件襯衫拿來。」

溫妤心虛了，「什麼襯衫，我聽不懂。」

蔣禹赫回頭，「你覺得從我房裡拿走一件衣服我會不知道嗎。」

「……」

溫妤只瞟了一眼他緊實的腰線就垂下了眸，知道什麼都瞞不過他，嘀嘀咕咕去了臥室，拿出那件黑色襯衫。

等交到蔣禹赫手裡的時候，為了怕他把自己想成有什麼特殊癖好的偷衣狂，強行解釋了句：「我，我那天剛好缺一件睡衣，就從你那裡隨便拿了一件。」

說這話的時候，蔣禹赫已經把這件乾淨的襯衫扣到了一半。

他好像並不在意溫妤拿衣服來幹什麼，穿好便轉身看了看房間，問：「我睡哪。」

？

溫妤被問懵了，呆呆冒出一句：「這好像是我家。」

「我家你能睡，你家我不能？」

「……」

這波邏輯滿分。

溫妤張了張嘴：「能，當然能。」

溫妤這間單身公寓一共就兩個房間，自己住一間，還有一個是客房。

畢竟頂著一個騙吃騙喝騙睡三個月的罪名，現在溫妤對蔣禹赫提出的這個要求沒有任何可以拒絕的理由。

她指著客房：「這裡可以嗎，裡面可以洗澡，有乾淨的毛巾，有——」

話還沒說完，蔣禹赫便走過去關上了門：「別進來。」

溫妤：「……」

還是那麼有自信。

我為什麼會想要進你的房間。

溫妤回客廳收拾桌子，收到那個礦泉水瓶的時候忽然頓住。

他想起男人喝水時喉結滾動的樣子，想起剛剛被他摟住腰的樣子。

雙頰瞬間浮上紅暈，一陣陣發熱。

所以今天的重考到底過關沒有，溫妤也不知道。

收拾乾淨客廳後，溫妤也回了自己的臥室，卸妝，洗澡。

之前都是穿蔣禹赫那件襯衫睡覺，現在衣服被他拿走了，溫妤只好隨便拿了件自己的睡衣換上。

關燈，睡覺。

但不知道是今天發生的一切太魔幻，又或者是這個男人睡在自己隔壁，溫妤翻來覆去，好長一段時間都沒能睡著。

明天還有版權競拍大會要參加，她可不想頂著一對黑眼圈去參加。

想了很久，溫妤覺得應該是睡衣的問題。

這一個月她幾乎每天都穿著蔣禹赫那件襯衫睡覺，就算洗了也會馬上烘乾，覺得被那股寬敞又很有質感的衣服包裹著很有安全感。

可現在換上自己的真絲睡衣，卻怎麼都無法習慣了。

溫妤戴上眼罩，甚至還點了薰香，用盡各種辦法折騰到夜裡一點後，她無奈地起床。

輕輕走到客房門口，猶豫很久才敲門：「哥哥？」

沒有任何回應。

溫妤糾結了幾秒，還是決定硬著頭皮打擾一下蔣禹赫。

她擰開門走進去——

這一個月，各種意義上，蔣禹赫過得都不輕鬆。

新一年開春，公司項目堆積如山，他心裡藏著事，只能把精力都集中在工作上，讓自己忙到根本沒有時間去想與溫妤有關的事。

好在今晚溫妤那番矯情做作的自白，讓他整個人都放鬆了不少。

起碼知道了，溫妤是在意過自己的感受的。

晚上在酒樓那頓飯柳正明開的是茅臺，他喝了幾杯白的，後勁太強，這時只想在溫妤這裡好好睡一覺。

床很軟，酒意此刻全衝上了頭，蔣禹赫沒用太長時間就睡著了，可不知過去了多久，一個聲音忽然在叫自己：「哥哥。」

「……哥哥。」

蔣禹赫意識被喚醒了幾分，但仍模糊。

「那個，你的襯衫我幫你洗好烘乾了，你能不能換一下。」

蔣禹赫這時候已經醒了七成，微掀了掀眼皮，只見黑暗中有個身影站在床前，手裡還拿著一件衣服。

蔣禹赫覺得這個女人一定是在玩他。

「為什麼要現在換。」他閉著眼，嗓子裹著一點沙啞，聽起來很平靜。卻又有種莫名的性感。

溫妤小心翼翼地咽了咽口水，「是因為，我穿你那件襯衫睡覺習慣了，我現在不穿就睡不著，很不習慣，很沒安全感。」

昏暗的臥室裡安靜了好幾秒鐘。

半晌，蔣禹赫似乎輕嘆了一聲。

「你半夜也要作嗎。」

「……」

溫妤頓時打消了念頭，「對不起。」

轉身正要走，身後一隻手卻忽然拉住她，她身體後仰，眼前一晃——自己已經躺在了蔣禹赫懷裡。

「這樣夠不夠安全？」

「給我睡覺，閉嘴。」

溫妤：「……」

溫妤不知道自己是什麼時候睡著的。

只記得被蔣禹赫蠻橫地摟在懷裡後，她起初掙扎了幾下，但男人似夢似醒，把她摟得更緊。

被深深擁在懷裡的感覺，又的確比襯衫帶來的安全感強烈許多。

溫妤很快就沉溺其中，私心妄念混雜之下，縱容默認了這樣的結果。

她抿唇躺在蔣禹赫懷裡，聽他均勻的呼吸，感受他胸腔的心跳，他身體的溫度，逐漸和自己的融為一體。

掩於心底的笑意根本藏不住，四面八方地在黑暗中湧出來。

溫妤閉上眼睛，靠在這個男人懷裡，也睡了這個月以來最安穩的一次覺。

連做的夢都有那麼點春心蕩漾的味道。

這種感覺一直持續到溫妤第二天醒來。

她意識回籠，卻捨不得睜眼，嘴角笑意止不住，直到一道聲音淡淡落下來：「還不想醒？」

正在回味夢境的溫妤笑容驀地一頓，睜開眼，看到蔣禹赫手肘彎曲撐著臉，正定定看著她。

而且應該看很久了。

溫妤不知道為什麼有種洞房花燭夜第二天醒來的羞赧，她用被子蒙住臉：「幹嘛這樣看我。」

「想知道你為什麼在我床上。」

「……？？？」

溫妤聽完愣了幾秒，扯開被子：「你說什麼？」

「我問你，為什麼要上我的床。」蔣禹赫語調輕緩地又重複了一遍。

好傢伙。

溫妤直接從床上坐起來，懶散的長髮凌亂散在肩上，指尖對著自己：「我？我上你的床？」

「你現在躺著的不是客房的床嗎。」

「可是，」溫妤張了張嘴，「是你強行把我拉上來的啊！」

溫妤昨晚雖然非常不矜持地重考了，但絕對還不至於這麼猖狂往他床上爬。她一邊說一邊下去把昨晚的畫面又重演了一遍——

「吶，然後你手一伸，就把我這樣拽上來了！還死死不放！」

溫妤又躺回了蔣禹赫身邊，眨了眨眼。

一副「你想起來了嗎」的疑問。

一室寂靜，蔣禹赫看著她久久沒說話，身體卻忽然慢慢地，一點一點壓下來。

越來越近。

近到只在咫尺……

溫妤不知道他要幹什麼，但隱隱約約又好像能猜到他要幹什麼。

靠這麼近不是想吻自己，難道是觀察毛孔大小嗎。

溫妤心跳得有點快，手抵在他胸口，呼吸也不知不覺地悄然紊亂。

上次兩人的第一個吻來得太快太突然，這次如果是真的……

好吧。

溫妤已經準備開始閉上眼睛了。

可下一秒——蔣禹赫從她枕下抽走了手機，然後起身，「我沒印象了。」

？

？？

溫妤看著天花板，感覺這次真的有被侮辱到。

是我不夠美還是手機太好玩？

怎麼會有這麼狗的男人？？

拿手機就拿手機為什麼要用那麼不正經的眼神看著我？

蔣禹赫下床就開始穿外套，溫妤見狀忙扯住他的襯衫袖子：「衣服不打算還我了嗎。」

「叫我把我的衣服還你？」蔣禹赫也是好笑。

溫妤可憐巴巴的：「可我穿你的襯衫睡覺習慣了。」

明明是一句再普通不過的話，聽到蔣禹赫耳裡，卻莫名多了幾分撩撥的味道。

更無語的是，他就這麼輕易被溫妤穿他襯衫的畫面撩出了反應。

明明都沒看過，只是那麼一想。

蔣禹赫偏頭看著溫妤，安靜了幾秒，想說的話終究克制住了沒說，只淡淡道：「昨天不是換下來一件嗎。」

溫妤反應過來他的意思，「那你幹嘛不換那件乾淨的走。」

蔣禹赫睨她：「你管的事還挺多。」

溫妤被噎了一句，嘀嘀咕咕把那件乾淨的襯衫收了起來。

出來的時候，蔣禹赫正站在鏡前整理衣裝，一身精剪俐落的貼身西裝完美提煉了他的氣場。

卓然倨傲，鋒芒與沉穩互相沉澱。

「哥哥。」溫妤倚在牆邊看了他會，扭扭捏捏地問起了昨晚的重考情況，「所以我們現在算和好了嗎。」

蔣禹赫回頭，一邊繫錶帶一邊走過來，走到她面前，意味不明地四個字：「你覺得呢。」

溫妤不知道他這波反問什麼意思，可她想問也沒了機會，蔣禹赫穿戴整齊後就開門要走。

「我送你嗎？」溫妤只好追上去問了句。

蔣禹赫卻回頭冷了一句：「坐你爸乘龍快婿坐過的位置？」

溫妤：「……」

就說彆扭了半天在幹什麼，原來在不高興周越。

關上門，溫妤腹誹了幾句，為自己熱了杯牛奶，順便打電話給尤昕，前因後果都說了一遍，最後問她：「你說這人什麼意思？」

「就是可能對你還有點意思，但又的確很生氣，所以上來睡你一晚上解解氣！」

「……那就結束了？」

「你確定自己情人節那天的套路都用完了？」

「我確定啊，我連坐腿殺都用了，他當時好像是有些動容，但今天睡醒又變回那個死樣子了。」

「……」

尤昕嘖了兩聲，「不應該啊，你一定少了什麼。」

她這麼一說，溫妤反思環節，發現自己好像真的忘了一個最重要的步驟。

強吻！

可能是被他的突然出現嚇了一跳，昨天自首的時候又太緊張，坐大腿都已經算是突破了生理極限。

完全忘了以前還想過強吻這個終極大招。

電話這邊的溫妤臉微微發起了熱，不知情的尤昕還在侃侃而談：「後天蔣總就要回京市了吧？你們倆這次見面要是沒什麼實質性的進展，那等他回來了，隨著時間推移，他忙他的你忙你的，江城京市隔這麼遠，關係可能就這麼淡了。」

「你要是不想跟他再有關係那就這樣結束也挺好的。」

溫妤明白這個道理，蔣禹赫那麼驕傲的一個人，全世界都在圍著他轉的人，肯低頭來找自己一次，絕不會有第二次。

「但如果你不想放棄呢。」尤昕嘿嘿一笑，「你主動一點，你們就會有故事。」

江城國家文化中心。

今天在這裡舉行的是一年一度的影視版權拍賣大會，現場將有當下幾十部備受關注的優秀ＩＰ進行公開競拍，無數投資人、電影電視資本家今天都匯聚在這裡。

溫妤是第一次參加這種場合，也是第一次以一個投資人的身分來參加。

她換上了稍微氣質的職業套裙，白色的，儘管很低調，但入場時還是引起了不少人的注意。

沒辦法，在一眾身肥體圓，且大多為男性的投資人裡，溫妤的出現猶如一枝嬌花不小心落入凡塵，而這些人便爭先恐後地想要做她身下的土壤。

厲白側目，小聲提醒蔣禹赫：「溫小姐來了。」

競拍位置都是主辦方提前安排好的，蔣禹赫在中間最佳觀位，而溫妤的公司因為規模全場最小，被安排在最角落的位置。偏，觀影體驗感也不好。

蔣禹赫看著她和周越入座，周越還很貼心地幫她扶了肩。

親密無間的樣子。

他面無表情地看了一眼便收回，頓了頓，手機忽然響。

yuyu：【哥哥我在第一排，你在哪？】

yuyu：【你買哪部啊？】

蔣禹赫關了手機，沒回。

溫妤沒等到蔣禹赫的回覆，轉頭在會場裡找了一大圈，終於在中間的位置看到了他。

他側身在對身邊的版權總監說著什麼，下頜線條隨著說話的動作起伏，順延到喉結，認真又性感。

溫妤看了兩眼，回身。

在京市的時候溫妤的確死了心，因為深知惹惱了蔣禹赫的人不會再有第二次的機會，所以她連爭取都沒有爭取過。

可現在他沒有刪自己的微信，甚至來了江城找她，和她純潔地睡了一夜，還留了襯衫給她。

這每一個細節都在不斷讓溫妤死了的心死灰復燃，且火勢越燒越旺。

他後天就要回去了，如果他不再有任何進一步的舉動，他們是不是就結束了？

尤昕的話言猶在耳——「你主動一點，你們就會有故事。」

周越這時候提醒溫妤：「《後宮俏佳人》第八個，我們準備一下。」

溫妤看了眼手裡的ＩＰ資料，目光從自己本來想要競拍的《後宮俏佳人》緩緩移到了根本不敢想的《我愛上你的那個瞬間》。

《我愛上你的那個瞬間》是大熱ＩＰ劇，之前在亞盛開會的時候，是一致通過的主打ＩＰ。就連蔣禹赫也曾看好，說明這個ＩＰ潛力無限。

溫妤要怎麼留住蔣禹赫，或者說，要如何讓兩人在各種邏輯合理成立的情況下再次牽扯上關係。她盯著面前的這行名字，慢慢有了主意。

要藕斷絲連，必須大膽主動。

競拍會開始，一個個ＩＰ過去，亞盛那邊始終無人喊價，溫妤清楚他們要的項目是什麼，所以也一直按兵不動。

到《後宮俏佳人》的時候，也沒有任何反應。

周越問她：「你不是要投這個嗎。」

溫妤：「我現在改變主意了。」

「……」周越緊了緊眉，壓低聲音靠近溫妤，「我們的預算和市場調查都是針對這個ＩＰ的，你現在臨時改主意？」

溫妤側眸對他一笑：「放心越哥，我不做賠錢生意，相信我。」

兩人靠得那麼近，說就說，還笑起來了。

蔣禹赫再次收回視線，卻煩躁地換了個坐姿。

「下面要競拍的都市愛情小說《我愛上你的那個瞬間》，起拍價，五百萬。」主持人宣佈了底價。

陸續有人喊價：「一千萬。」

「一千兩百五十萬。」

「一千五百萬。」

終於，在蔣禹赫的授權下，版權部總監直接舉牌：「四千萬。」

此價一出，眾人皆是一陣驚嘆。

但看看喊價方，大家也就都明白了，財大氣粗的亞盛出手想要的東西，從來沒有拿不到的。

四千萬後，無人再出價。

或者說，是無人敢跟亞盛的財力叫陣。

「四千萬一次。」

「四千萬兩次。」

「四千萬——」

「五千萬。」一個女人的聲音從前排響起。

整個會場都沸騰了，紛紛循著聲音看去，想看看是哪家公司的人這麼有膽識，竟然敢挑戰亞盛。

蔣禹赫也抬起視線，根本不用找，直直看向了溫妤。

他輕輕一個眼神，身邊的版權總監便懂了，「六千五百萬。」

「呵……！」開始battle了！

「七千五百萬。」溫妤非常平靜地舉牌。

周越整個人都不好了，「你瘋了嗎。」

他們原本計畫用來投拍《後宮俏佳人》的預算資金最多也就是三千萬。

但現在已經超出一倍都不止了。

不僅是周越，幾乎所有會場參拍者的目光都聚焦在了溫妤身上。

「這人誰啊？」

「不認識，挺漂亮……新人吧。」

「膽子也太大了點，知道自己在跟誰叫陣嗎。」

「怕是得罪了蔣總以後也不好混了。」

「我倒說她一句初生之犢不怕畏虎，膽識過人。」

下面議論紛紛，臺上主持人開始最後喊價：

「七千五百萬一次。」

「七千五百萬兩次！」

就在詢問到第二次的時候，蔣禹赫整理了下西裝前襟，起身，和隨行一眾人員離開了會場。

一隊沉沉的黑色身影讓整個會館都彷彿感受到了某種噤若寒蟬的涼意。

以至於主持人喊出成交的聲音，都害怕驚擾到他似的，沒敢那麼響亮。

溫妤成功在蔣禹赫這隻老虎手裡搶來了最有價值的ＩＰ，被告知競拍成功的時候，心裡興奮又刺激。

周越這時候已經開始瘋狂計算要如何支付這麼一筆巨大的款項，溫妤卻偷偷離場，「越哥，我出去一趟。」

溫妤直奔會場外，果然看到蔣禹赫彎腰進了一輛商務車，正要離開的樣子。

她馬上追到車旁，「哥哥！」

車窗開著，蔣禹赫坐在後排，抬頭淡淡望她：「有事？」

「我拍到你喜歡的ＩＰ了。」

「要我恭喜你嗎。」

「不是……」溫妤抿了抿唇，「我是想跟你談合作。」

江城暖和，上午十點的陽光傳送著徐徐春意，如同面前的風景，嬌豔誘人。

溫妤化了妝，大概是為了正式，唇上塗抹了更加明豔的紅，說話的時候紅唇與白齒碰撞。晃得人眼熱。

雖然蔣禹赫不願意承認，可早上在客房那個瞬間，他真的只差那麼一點就要吻下去。

而他深知一旦吻下去，局面會直接失控。

竭盡全力在溫妤面前表現自己的冷淡和不在意，卻不知那份狂熱被一再克制，卻滋長得更加洶湧。

蔣禹赫移開視線，不去看她的唇，淡淡問：「你跟我有什麼好合作的。」

「怎麼說這部ＩＰ也是我們以前一起選中的，現在我拍到了，我一個人完成不了這麼大的項目——」

「完成不了還買？」

「因為我想要哥哥繼續教我啊。」溫妤眨了眨眼，「我願意把ＩＰ免費送給亞盛，但只希望專案運轉的時候我的公司全程參與，給我一次學習的機會。」

蔣禹赫緩了好一會，終於明白了這個女人突然叫陣跟自己搶專案的目的。

永遠有那麼多的小聰明，小狐狸一般狡黠。

蔣禹赫在心底輕輕一笑，看她：「你覺得我缺你這七千五百萬？」

「……」

蔣禹赫當然不缺錢，七千五百萬對他來說都不用眨眼的事。

溫妤咬了咬唇，想著反正自己昨晚什麼不矜持的事都幹過了，便一閉眼：「但你可能缺個我啊。」

蔣禹赫：「……」

「我們可以一起合作對不對，你無聊了我可以陪你聊天，你餓了我可以陪你吃飯，你渴了我能幫你泡咖啡，你睡不著我還能——總之，你不覺得這種日子會非常快樂嗎！」

快答應我！

快點啊啊啊啊啊啊！

我把自己的嫁妝老本都拿出來跟你和好了啊！

蔣禹赫我勸你不要不識抬舉！

然而沉默兩秒，蔣禹赫卻只是意味不明地扯了扯唇，而後升起車窗，「開車。」

溫妤：「……」

商務車就這樣從自己面前緩緩開走。

就走了？

溫妤怔怔站在原地，腦子嗡嗡嗡的，總覺得劇情不該是這麼個走向。

周越不知什麼時候也從會場裡出來了，走到她身邊，說：「我剛剛算過了，把全部流動資金都拿出來，剛好可以付完版權費，但公司之後幾乎沒有再運轉的能力。」

溫妤看著商務車的背影搖頭，「我就沒打算獨自運轉。」

被蔣禹赫看中的ＩＰ本身就已經具備了無限價值，溫妤從不擔心自己會接一個燙手山芋，蔣禹赫如果不答應她，她轉手把ＩＰ再次出售，多的是要的資方。

只是，和蔣禹赫就再也沒有關係了。

周越不知道溫妤在想什麼，但他知道這個女人非常聰明，做每件事也都有自己的理由，只好試著伸手在她肩上拍了兩下：「沒關係，不管你怎麼決定，我——」

話未說完，一輛商務車忽然由遠而近，原地倒回了溫妤身邊。

灰塵被捲起來，車胎與地面發出刺耳的聲音。

門開，蔣禹赫下車，黑色的高大身影直接從周越手下移開了溫妤。

然後不由分說把人塞到了車裡。

車再次迅速開出。

溫妤被弄得有些沒回神，頓了頓：「……你怎麼又回來了？」

蔣禹赫的視線從後視鏡裡的周越身上冷冷收回，那股在心裡擰了兩天的勁愈發不理智。

「把剛剛的話說完。」他鬆了鬆領結，努力平靜下來，轉身看著溫妤的眼睛——

「我睡不著你會怎麼樣。」

第十三章　娛樂圈的新晉投資人

溫妤剛剛是故意把話說了一半，給蔣禹赫留點自我想像發揮的空間。

沒想到還真把人勾回來了。

嘿嘿。

溫妤故意裝傻：「你睡不著的話，我可以跟你視訊呀，唱歌給你聽，或者幫你買薰香，幫你找催眠的音樂……」

她竭盡所能地描繪著自己的體貼，蔣禹赫卻突然一笑，「有意思嗎。」

「……？」

溫妤做出一副無辜地樣子，「那你覺得怎麼樣才叫有意思嘛。」

你說啊。

有本事你開口啊！

蔣禹赫被她這做作的嗲腔弄得牙齒連帶著舌尖都在癢。

他轉身看著車前方，兀自點了點頭，「行。」

早晚他會把這個女人在自己面前作過的花樣一筆一筆還回去。

「那哥哥你同意合作了嗎。」

「考慮一下。」

「……」

溫妤看著窗外，「嗯，沒關係，我不勉強哥哥的，反正那七千五百萬我抵押了車、房，還賣掉了我所有的包包。沒關係，你不用同情我。」

「不必，我沒空同情你。」

「……」

沒法聊下去了。

行吧，知道你冷血無情，嫁妝本都看不上。

司機這時問蔣禹赫：「老闆，現在是直接去餐廳嗎。」

蔣禹赫嗯了聲。

溫妤原本都準備讓司機靠邊停車了，一聽到這個，馬上又坐正，「哥哥你是要去吃飯嗎。」

蔣禹赫看過來，「有問題嗎。」

「當然沒有。」溫妤時刻謹記著主動就有故事的原則，「就是我也有點餓了，能一起嗎。」

車在行駛，過了好一會兒，溫妤才聽到蔣禹赫淡淡回了句：「隨便。」

Get。

既然你都說隨便了，那我隨便起來就不客氣了。

溫妤美滋滋地開始為蔣禹赫介紹江城的名餐廳，從中式到西式，私房菜到小食堂，但凡她吃過的優秀餐廳都說了個遍，然後到最後蔣禹赫一個都沒採納。

車停在了一家法國餐廳門口。

「下車。」蔣禹赫說。

溫妤愣怔地看著窗外。

這家餐廳主打法國菜，菜色昂貴，也專業，每天的食材都是產地空運過來，駐守的廚師也是法國米其林等級。

但他們家最吸引人的還是餐廳的環境，地處某五星級飯店一樓，只設情侶座，窗外便是灑滿陽光的草地。餐廳內到處都是鮮花，整體氛圍充斥著濃濃的法式浪漫。

以前剛開業的時候溫妤就想過要和男朋友一起來吃，享受一下這種被浪漫環繞的感覺。

可那時候沈銘嘉在外地拍戲。

沒想到啊——

冥冥之中，第一個帶她的男人竟然是蔣禹赫。

所以，從一開始就註定是他。

來這裡的男女都默認是情侶，溫妤沉浸在自己的小滿足裡偷偷笑著，蔣禹赫直覺她在想與自己有關的事，問：「笑什麼。」

溫妤當然不會說出來，只扭捏問道：「你怎麼想到帶我到這裡吃飯。」

蔣禹赫：「我住在樓上的飯店。」

溫妤：「……？」

溫妤：「…………」

等於就是順路，就近原則？

溫妤沉默了會，安慰自己，沒關係，不重要，順路也是上天安排，順路怎麼沒順到其他地方，偏偏順到這裡。

明明就是老天都要鎖死他們。

一想到這裡，溫妤又好了。

愉快地打開菜單：「那哥哥我們吃什麼呢。」

蔣禹赫：「你自己點，我去下洗手間。」

「好呀。」

蔣禹赫離開後，溫妤認真地看著菜單——

「要一份洋蔥蘑菇松露湯、雲芝龍蝦，再來兩份牛小排吧……」

「咦，這不是溫妤嗎。」不和諧的聲音忽然插了進來。

溫妤回來一個月，知道會有遇到趙文靜的一天，只是沒想到在今天，在這裡。

也不奇怪，這種場合本來就是她們以前都愛出入的地方。

趙文靜沒把自己當外人似的坐了下來：「早聽說你回來了，怎麼都不出來玩玩呀。」

溫妤平靜地看著菜單：「我很忙。」

「對哦，忙著開你的小公司是嗎？」趙文靜和身邊隨行的女孩陰陽怪氣介紹道：「你們知道嗎，溫妤開公司了呢，就在盛陽路那家辦公大樓，你們知道多大嗎，足足三十坪欸。」

上次和蔣禹赫見面被溫妤從中作梗的仇趙文靜至今還記得，好不容易看到她灰溜溜地又回了江城，還開起了寒酸的小公司，猜想一定是被蔣禹赫甩了才會這樣。

趙文靜奚落，周圍女伴也跟著笑，溫妤抬起頭，認真打量了兩眼趙文靜。

不知道為什麼，以前覺得她跋扈討厭，喜歡跟她對嗆，但現在再看，只覺得這個女人幼稚可笑。

大概是跟在蔣禹赫身邊久了，格局都跟著變大，不屑得跟這樣的人費神了。

溫妤招手，只簡單說了一句被打擾到，服務生便對趙文靜下起了逐客令。

「對不起小姐，您可以去別的地方坐。」

趙文靜討厭溫妤這副擺架子的樣子，覺得她不過是在用沉默掩飾自己的無能罷了。

「你上次不是挺厲害的嗎，怎麼，被那位蔣總甩了？那現在又攀上了誰？哦，聽說是你爸的祕書備胎上位了？」

溫妤再次抬頭，話都到了嘴邊，好幾個服務生湧了過來，對趙文靜做請的姿勢——

「不好意思小姐，餐廳剛剛被包場了，麻煩您先出去一下，不要打擾我們的客人用餐。」

「包場？」趙文靜怔了下，四處看，「誰啊。」

話音剛落，一個身影緩緩在她面前落座，冷淡的眸光掃過來，淬滿寒意。

「……」

趙文靜當即明白了什麼，只是她有些不願相信，垂下的手捏緊了包包背帶，唇跟著動了兩下，卻發不出聲音。

蔣禹赫甚至都沒看她，拿起菜單，對著空氣淡淡一句：「能消失了嗎。」

趙文靜僵硬地站起來，還不甘地想說什麼，好在幾個塑膠姐妹及時拉扯住，一行人頗狼狽地離開了餐廳。

他們走後，蔣禹赫才抬眼問溫妤：「別人找你麻煩，你就受著？」

溫妤本想解釋自己只是不與傻瓜論短長，但話到嘴邊又改了說詞——

「因為我知道哥哥會保護我嘛。」

蔣禹赫：「……」

「話說回來。」溫妤想起幾個月前趙文靜生日宴邀請的樂團突然爽約的事，悄悄試探問道：「當時趙文靜過生日不是請了劉團長的樂團來演奏嗎，後來突然又都不來了，是不是你幫我出氣讓他們走的？」

蔣禹赫放下菜單看她，「你覺得自己有這麼大魅力嗎。」

溫妤認真思考了幾秒：「有。」

「嗯。」蔣禹赫淡淡道，「所以才能連我都被騙了三個月。」

「……」

你這話題是不是跳得有些快。

蔣禹赫語氣十分平靜，平靜到溫妤都品不出他到底是在陰陽怪氣還是已經接受了事實。

畢竟這人說完又若無其事地對著服務生點起了菜。

溫妤完全拿不準了，怔怔地看著他，「所以你還在生氣嗎。」

蔣禹赫微頓，放下菜單看了她兩眼，正考慮要怎麼回覆這個問題，手機忽然響了起來。

是蔣令薇打來的。

「在哪呢？」

「吃飯。」

「吃飯都不叫我，外面有人了？」

「直接說事。」

「我之前跟你說的Y三夜店，走之前陪姐姐去打個卡？明天晚上，我位置訂好了，你記得來。」

「……」

蔣禹赫原本還在想，走之前要以什麼理由再見溫妤一次，但現在蔣令薇似乎給了自己很好的藉口。

「明晚有空嗎。」

&

蔣禹赫主動邀請自己去夜店玩，這是出乎溫妤意料之外的。

她猜測，或許是這兩天很多娛樂圈的資本大咖都匯聚在江城，難得蔣禹赫也在，大家聚一聚不是什麼奇怪的事。

但蔣禹赫願意帶上自己，是不是說明兩人的關係又近了一步？

所以主動就會有故事是真的！

抱著這樣的信念，第二天下午，溫妤在化妝桌前坐了很久，化的妝不能太濃，但又不能太素淨，穿的衣服不能太正式，但也不能太浮誇。

好像一個要去和男朋友約會的小女人，溫妤足足試了七、八套衣服，最終才在穿衣鏡前站了下來。

一點點棕色的眼影，眼線輕輕勾勒眼角上揚，睫毛如羽扇，最後唇上暈染了一點霧色的櫻花紅。

這個妝容很清新，但搭配她挑選的黑色方領復古裙，又透著幾分慵懶的勾引。

晚上七點，溫妤準備好正要出發，溫清佑忽然打來了電話。

他今天剛剛從B市回來，可能是聽說了競拍會上的事，問溫妤：「說好的項目為什麼要臨時更換？還有，你怎麼又跟他糾纏上了？」

這件事一時間也說不清楚，再說溫妤這時趕著出門。

她只好回溫清佑，「哥我明天再跟你說好嗎，我現在要出去。」

溫清佑：「我在你樓下正準備上去，你要去哪。」

溫妤：「……」

趕得早不如趕得巧，溫清佑便做起了司機送溫妤去酒吧。

路上，溫妤跟溫清佑坦白了自己的想法：「公司如果能跟著亞盛共同營運這麼一個大ＩＰ，是我們佔便宜，後續收益一定會遠遠超過這部ＩＰ的原始投入。」

溫清佑：「他能答應？」

這種合作擺明就是扶貧，亞盛一個行業巨頭用得著和溫妤那麼一個剛開的小公司合作？

其實溫妤也不是那麼確定，「我想他應該會同意的。」

你想？

溫清佑無奈地搖了搖頭。

原以為把溫妤帶回江城就能結束和蔣禹赫那段複雜的關係，誰知兜兜轉轉，兩人還是纏到了一起。

「他約你去夜店幹什麼？」

「去夜店還能幹什麼，」溫妤隨口回了句，「當然是玩啊。」

溫清佑：「萬一喝醉了呢。」

溫妤：「喝醉就回家睡覺啊。」

「……」

真是天真。

終究妹大不留人，心思在別人身上了，怎麼往回拉都沒用。

有些事溫清佑雖然不能去干涉，但最起碼，在兩人這樣不清不楚的關係前提下，溫清佑必須在某些方面幫妹妹把關。

男人是什麼樣的。

喝醉了會怎樣。

他最清楚。

溫清佑看了眼手錶：「我剛好在附近見個朋友，十一點左右來接你。」

「……不用了吧，我自己叫車就行了。」

「那再早一點，十點？」溫清佑不容拒絕。

「……行了行了，十一點。」

Y三酒吧。

溫妤以為自己的主動得到了回報，但當她盛裝出席，渾身裝滿小心機地閃亮登場後，卻看到一個漂亮女人已經提前坐在了蔣禹赫身邊。

無論是距離，還是交談的姿態，都是異於常人的親密。

溫妤很快認出她就是那天在酒樓裡出現的漂亮女人。

亞盛娛樂就像一個匯聚無數女人的後宮，有無數的一線明星，各派系爭寵爭權，蔣禹赫身處最高位置，想要什麼樣的女人沒有。

之前的黎蔓、後來的桑晨，都是傳聞中被他睡過，才有機會上位的。

而自己一個月沒在京市，這位說不定又是哪位繼桑晨之後的新人。

溫妤頓時有了小情緒，甚至想掉頭就走，但那位美女卻率先打起了招呼，「喂妹妹過來坐啊，別站在那！」

說完問：「這是你們誰的朋友？」

蔣令薇不喜歡包廂，她喜歡在大廳的熱鬧位置和DJ互動，感受每個城市的夜店文化，因此今晚挑選的也是卡座。

人家都這麼主動了，自己走掉好像有點玩不起的樣子。

行吧，人可以輸但氣勢不可以，溫妤定了定心，開始找地方坐。

卡座是環形的，蔣禹赫身邊的位置已經被坐了。

左邊是蔣令薇，右邊是厲白。

這時厲白起身坐到了旁處，對溫妤說：「坐我這裡吧。」

怎麼的，蔣禹赫還打算左擁右抱嗎。

想都別想，我可以主動但我絕不卑微。

「不用了。」溫妤笑瞇瞇地正對著蔣禹赫坐下，指著臺上ＤＪ：「這裡視野好，看帥哥方便。」

厲白：「……」

蔣禹赫便也收回視線：「隨她。」

蔣令薇這時反應過來溫妤是蔣禹赫叫過來的人了，仔細一看，發現是那天在酒樓遇到的小女生。

唇紅齒白，長得漂亮，身材也好。

親姐姐頓時有了為弟弟相親的想法。

「妹妹有男朋友了嗎？」蔣令薇自來熟地跟溫妤聊天。

溫妤看了眼蔣禹赫。

什麼意思？

這個女人坐在你身邊，問我有沒有男朋友？

想暗示什麼？

暗示他是你的？讓我別惦記？

溫妤笑了笑：「沒有呢。」

蔣令薇馬上來了興致，「那我幫你介紹一個怎麼樣？」

溫妤又看了眼蔣禹赫——別人要幫我介紹男朋友欸，你沒反應的嗎？

然而蔣禹赫只是靠在沙發上，不僅沒出聲，甚至根本沒在關注兩個女人的聊天。

溫妤生氣了。

但生氣也要優雅地茶回去：「不用了，追我的人太多，我應付不過來。」

蔣令薇：「……」

小姑娘還挺刺。

場上DJ開始放歌開場，蔣令薇注意力被分散，暫停了與溫妤的對話，興奮招呼大家：「都別坐著呀，這裡是酒吧，不是佛堂！」

厲白被蔣令薇拉著去了舞池跳舞。

卡座就剩溫妤和蔣禹赫兩個人。

溫妤非常淡定地目視前方，一副認真在看帥哥的樣子。

過了幾秒，蔣禹赫才稍坐正，給她倒了杯酒，放定後不輕不重地問：「應付不過來還有空來應付我？」

強勁的電音節奏下，他低啞的聲音好像沙子從臉頰碾過去，慢慢穿到耳朵裡，勾住某根神經。癢癢的，很磨人。

可溫妤一分鐘內不想理他。

把酒推開——

「你在追我嗎，我怎麼不知道。」

熱鬧躁動的音樂聲中，溫妤覺得身邊的溫度驟地就降了下來。

那種冷意是很明顯的，像一個個細碎的小分子，慢慢浮到空氣裡，結成了冰。

她微頓，知道自己剛剛那句話被情緒影響，答得有些輕佻。

明明是自己做錯在先，別人大老遠過來，且主動低了這個頭，她還要得意地用「追」這個詞。

真覺得自己魅力無限嗎。

溫妤抿了抿唇，挪了兩下屁股，主動坐到蔣禹赫身邊，憋了半天才委屈道：「你叫我來玩，帶那麼一個漂亮姐姐就算了，還讓她坐你身邊，我不開心才會那麼說的。」

蔣禹赫睨她，「不是你自己要看帥哥？」

「可全場最帥就是哥哥你呀，所以我必須在你身邊才能看得更清楚一點。」

說著溫妤屁股又往裡挪了一點，眨了眨眼，「我就坐這。」

蔣禹赫：「……」

那句話帶出的煩躁就這樣被溫妤化解了過去。

其實她說的並沒有錯，只是蔣禹赫始終難以去承認這個事實而已。

他被騙了，卻還無法割捨。

音樂熱浪持續飆升，不遠處的蔣令薇正在舞池裡和ＤＪ一起嗨。溫妤想錄點影片發在朋友圈，剛拿起手機，一個紮著嘻哈辮的搖滾帥哥走到面前。

「嗨好好？真的是你，好久不見，喝一杯？」

Ｙ三的ＤＪ之一，大概是路過，碰巧看到了溫妤。

溫妤以前也算是Ｙ三的老玩家了，畢竟這裡是江城最出名的夜店，也是各大富二代的後花園。

他們認識溫妤，一點都不稀奇。

人家杯子都到面前了，而且也沒半點破產了就另眼對待的勢利，溫妤只能尷尬地笑了笑，「好。」

她坐正，與嘻哈辮碰了一杯。

「回頭見，常來玩。」

「嗯。」

溫妤喝完瞥蔣禹赫，發現男人淡淡看著她，光影迷離，溫妤看不見他眼裡的意味。

但好像，沒有太大的反應。

俗稱——沒吃醋。

雖然有點失落，但溫妤想想也正常，人家格局大，夜店酒吧這種應酬式的喝酒見得太多，根本不能代表什麼。

因此，蔣禹赫沒問，溫妤便也沒主動去解釋。

沒想到幾分鐘後，又來了一個男的。

這次是一個陽光型小酷哥，高大帥氣，戴耳釘，很潮。

「溫妤？我靠，好久不見啊寶貝，你什麼時候回來的，又變漂亮了！Alen 他們都很想你欸，過去喝一杯嗎？」

這是以前常一起玩的玩伴。

雖然已經在蔣禹赫面前曝露身分，但溫妤還是努力維持著自己清純妹妹的人設，誰知來了一趟夜店，她小玩家的身分也在不知不覺中暴露。

溫妤不自然地撩了下頭髮，正想站起來單獨乾一杯把這個人應付過去，手臂卻忽地被人往下一拽，重新坐回了位置上。

「她沒空。」蔣禹赫淡淡看著小酷哥。

溫妤：「……」

小酷哥聳聳肩，好像明白了什麼，「ＯＫ。」

但走的時候還是跟溫妤交換了一個回頭見的眼神。

等人走了，蔣禹赫才回頭，眼神涼如水，帶著些嘲弄：「看不出來，你還挺受歡迎的，寶貝。」

加重的「寶貝」兩個字就很陰陽怪氣了。

溫妤張了張嘴，小聲嘀咕道：「朋友之間叫著玩而已。」

她想起了什麼，看著不遠處在舞池裡跳舞的蔣令薇，也馬上陰陽怪氣回去：「你也不差啊，這個姐姐身材那麼好。」

頓了頓，有點酸：「是準備捧的新人嗎。」

蔣禹赫：？

順著她的視線看出去，當即明白了什麼。

看著一向自信美麗走哪都覺得自己豔壓群芳的溫妤竟然也有羨慕人的時候，蔣禹赫忽然想笑。

他敲了敲她的額頭，「你眼睛用來幹什麼的。」

溫妤往後躲了下，皺眉道：「我又怎麼了嘛。」

話剛說完，蔣令薇和厲白回來了。

「太嗨了，上面那個ＤＪ太會了吧，你們不去玩玩嗎？」

見蔣禹赫和溫妤的位置有了變動，蔣令薇的視線在兩人之間掃了掃，笑道：「你們倆在這說什麼悄悄話呢，都快黏到一起了。」

蔣禹赫面無表情地重複：「她說你身材好，問我是不是打算捧你。」

溫妤：「……」

你怎麼就說出來了！

啊啊啊！

溫妤尷尬得馬上拿起酒杯假裝喝酒，誰知蔣令薇卻直接笑了出來，還把手搭到蔣禹赫肩上，「妹妹不覺得我和蔣總有那麼點像嗎。」

溫妤一愣。

有點像？

思緒只是卡頓了兩秒，溫妤便忽然反應過來一件事。

姐姐……蔣禹赫有個姐姐！

算算時間，應該前段時間從美國回來了。

天啊她在幹什麼，她竟然暗暗吃了一晚上人家親姐姐的乾醋。

蔣禹赫這時才正式介紹：

「蔣令薇。」

「溫妤。」

溫妤已經用腳摳出了十座Y三夜店，還好夜店裡昏暗，看不出她這時快紅到後腦勺的臉。

硬著頭皮打招呼：「姐姐你好。」

蔣令薇品著這個名字，「溫妤？你是不是就是小魚？」

溫妤：「你知道我？」

蔣令薇回國後十二姨曾經提過溫妤的一些事，只是她守口如瓶，不該說的一件都沒說，只道蔣禹赫撿了個失憶的妹妹，兩人兄妹情深了三個月後，妹妹恢復記憶了，回家了。

終於和這位傳說中的「蔣三小姐」見面，蔣令薇十分高興，越看溫妤越喜歡，回頭徵詢蔣禹赫的意見：「既然這麼有緣，要不我們就收她做乾妹妹好了，奶奶現在特別想抱曾孫。」

溫妤：「……？」

請問收乾妹妹和抱曾孫有什麼直接聯繫嗎。

這波邏輯我怎麼聽不懂。

顯然蔣禹赫也沒聽懂，「跟她有什麼關係？」

蔣令薇：「你也不找女朋友，我也不想結婚，要是乾妹妹哪天結婚生子了，奶奶也算間接有曾孫了嘛。」

溫妤：「……」

蔣禹赫：「……」

安靜了幾秒。

蔣禹赫抿了口酒，轉身看著蔣令薇，明顯有幾分不耐煩地用下巴指著舞池：「你去跳你的舞行嗎。」

蔣令薇嘖了聲，正好這時來了一輪新的強勁音樂熱浪，她也懶得跟蔣禹赫再說，拉著厲白又去了舞池。

卡座又恢復了安靜，大概是抱曾孫這件事插入得太尷尬了，好一會都沒人說話，最後還是溫妤乾笑兩聲：「你怎麼不過去陪姐姐玩，一直坐著不無聊嗎。」

蔣禹赫目光落了過來，不急不緩道：「不無聊。」

「我在看你。」

整晚的視線和注意力都停留在她身上。

他怎麼會無聊。

溫妤聽了這個回答一時沒反應過來，「看我？」

以為是自己妝花了，溫妤馬上從包裡摸出小鏡子，可檢查幾遍沒發現任何問題。

「為什麼要看我？」

兩人視線對接在一起，剛好一道追光掠過，蔣禹赫看到了溫妤的眼睛，微微上翹的眼尾像一把小勾子，一個眼神便勾住了他，輕鬆破防。

他在心底無奈地笑了笑，過了口酒，像是在回答自己：「看你為什麼那麼受歡迎。」

「……」

溫妤心裡虛虛的，完全聽不出蔣禹赫這話是在肯定還是在嘲諷。

他們這微妙對話的時間裡，蔣令薇已經嗨了好幾輪，到了十點的時候，她和厲白回到卡座，長髮已然被薄汗打濕。

「走吧，十一點了，我還約了飯店的ＳＰＡ。」

溫清佑的電話也掐著時間打了過來：「散了嗎，我在門口等你。」

溫妤跟著大家起身：「嗯，馬上出來。」

明天要回京市，蔣禹赫本就沒打算玩得太晚。

但他沒想到的是，溫清佑會來接溫妤。

夜店門口，溫清佑的車停在馬路邊，不知是不是湊巧，剛好和這兩天接送蔣禹赫的商務車一前一後。

溫清佑看到溫妤出來的身影，隨即從車裡下來。

天氣轉暖，他剛從朋友那品茗回來，依然帶著金邊眼鏡，但往日嚴謹的白襯衫今晚隨意地敞著領口，夜風下有幾分慵懶的味道。

溫清佑先看到的是蔣禹赫，主動伸了手：「好久不見，蔣總。」

他對這個男人依舊保持待定的態度，因此稱呼上非常正式。

蔣禹赫也淡淡回應：「好久不見。」

溫妤和蔣令薇走在後面，兩人一見如故，溫妤指著溫清佑的車說：「姐姐，我先走了，我哥哥來接我了。」

蔣令薇今晚喝得有點多，拉著溫妤不鬆手，「你哥哥？那認識一下啊，提前商量商量把他妹妹認給我們蔣家做乾妹妹的事。」

溫妤：「……」

蔣令薇說著就朝前面走過去，走到蔣禹赫身邊，抬頭瞬間剛要開口，話卻卡頓在了嗓子裡。

酒也好像突然醒了一大半。

溫妤以為蔣令薇被自己哥哥的樣子帥到了，上前介紹道：「姐姐，這是我哥，宋清佑，他跟我媽姓。」

又對溫清佑說：「哥，這是蔣姐姐，蔣家大小姐，蔣令薇。」

溫清佑鏡片後的眸光不易察覺地閃動了兩下，很快便消失不見。

他非常自然地伸出手：「你好，蔣小姐。」

蔣令薇清了清嗓，回握過去，「嗨。」

蔣禹赫沒有發覺這些細微的異常之處，他眼下唯一在意的是，溫清佑來了，自己便沒有立場去送溫妤回家了。

這個親哥哥似乎總喜歡從自己身邊把溫妤搶走，上次是，這次又是。

蔣禹赫討厭被掌控，佔有欲因此更作祟，直接攬過溫妤問：「你的合約呢。」

夜風微涼，溫妤愣了愣：「什麼合約？」

「我明天要走，你們的合約還不給我，怎麼合作。」

「……」

我靠那你之前不說現在才說！？

但蔣禹赫同意合作了溫妤還是很開心，「那我明天就去公司整理，弄好了寄到你信箱行嗎？」

「不行，今天必須看到。」蔣禹赫看了眼手錶，強硬道：「給你兩個小時的時間，去我那現場寫。」

「……」

溫妤一時不知所措，頓了頓，看向溫清佑，「那我去寫一下合約？」

誰知親哥哥竟然沒有反對，「蔣總要你寫合約你就去寫，我陪你過去就是。」

他說完看著蔣令薇，意味深長：「反正剛剛蔣小姐好像有事要跟我商量？」

蔣令薇：「……」

蔣令薇這時酒完全醒了，不僅醒了，還想起了很多瀟灑過的前塵往事。

她並不是很願意在弟弟和新認識的妹妹面前暴露自己的這些祕密，咳了聲，牽著溫妤：「那趕緊走吧。」

不知道為什麼，溫妤總覺得這一群人突然都怪怪的。

但合作不能停，既然蔣禹赫開了口，這個機會她就一定要抓住。

兩輛車便就這樣一前一後朝蔣禹赫下榻的飯店開了過去。

這時剛剛十一點剛過了一刻鐘。

到了飯店，蔣禹赫帶著溫妤直接回了自己的房間。

「我的電腦在桌上，你自己寫。」

「……」

說實話，溫妤還沒正式寫過一份合約，以前在蔣禹赫辦公室倒是看過不少，但實際操作起來，她不確定自己能不能寫好。

但眼下硬著頭皮也得上。

溫妤打開電腦，就看到蔣禹赫的頁面上全是各種各樣的文件合約資料，看得她眼花繚亂。

但她不敢分神，趕緊打開檔案寫起了合約。

而她在這邊寫著，蔣禹赫卻好像房間完全沒有她這個人一樣，當著她的面脫了外套，接電話，去外面抽菸。

溫妤沒想到人生中第一次寫這麼重大的合約是在老闆的飯店房間。

她一邊認認真真地在鍵盤上打字，一邊偶爾瞟一眼站在陽臺上的男人。

他指間夾著菸不知在跟誰通話，煙霧氤氳在夜色裡，朦朦朧朧地勾勒著他的下頜線，莫名的清冷感。

溫妤看了會，蔣禹赫忽然轉過了身。

兩人四目對視。

像是上課偷看漫畫被班導發現一樣，溫妤馬上心虛地收回視線，又端正坐好寫了起來。

沒一會，蔣禹赫打完電話進來了。

地毯很柔軟，他走進來幾乎沒有聲音，但身上的氣場卻足以讓溫妤心跳如鼓。

走到溫妤身後，跟老師觀察考試中的學生一樣看著螢幕。

「半小時了就寫了這些？」

溫妤：「……」

還沒等溫妤為自己解釋一下，蔣禹赫又走開了。

這次倒了杯水，坐在溫妤對面的沙發上，安靜地看起了自己的東西。

偌大的總套裡安靜得只有溫妤打字的聲音。

過了會，溫妤到底還是不安分地撒了個嬌：「哥哥，我也想喝水。」

剛剛在夜店裡喝了酒，現在安靜下來，也不知怎麼的，嗓子一陣陣發乾。

蔣禹赫看了她一眼，重新起身，倒了杯水放到溫妤面前。

順便又看了眼螢幕。

幾秒後，他按了按眉骨，有些無奈：「這就是你寫的東西？」

溫妤閉了閉嘴，知道自己寫的可能很糟糕，但還是小聲嘀咕了句：「公司有法務部啊，我又不是學這個的，我……」

「起來。」蔣禹赫打斷了她的話。

溫妤一愣，乖乖站到一旁。

蔣禹赫坐了下去，在她寫過的地方重新做修改：「作為一個投資人，你可以不用親手做這件事，但你必須要會做這件事。」

溫妤就站在蔣禹赫身邊，看他流利地打出那些專業術語，以及各種資金分配，莫名地揚了揚唇。

認真工作的男人最有魅力，而認真工作的蔣禹赫，更是將那種遊刃有餘發揮到了極致。

「知道了啦。」溫妤回得輕輕的，帶著一點自己都察覺不到的的嬌嗔。

蔣禹赫手一頓，回頭看她。

嘴角輕彎，臉頰不知是不是喝了酒，兩側都有些緋紅。

像喝醉了似的。

怪不得回個話都回得嗲裡嗲氣。

剛要收回視線，又發現她兩隻小腿在暗處輪流輕抬著，應該是鞋跟太高，站累了的緣故。

蔣禹赫感覺到心裡有某根弦咻的一下又被折斷了。

他嘆了口氣，突然伸出一隻手去拉溫妤的手腕，輕輕一拽就把人坐到了自己腿上。

接著便以雙臂圈住她的姿勢，淡淡說：「好好看清楚，下次不會再幫你寫了。」

溫妤：「……」

措手不及地坐在了男人腿上，還被他以這麼有安全感的姿勢圈著，溫妤心尖狂跳，滿眼全是男人那雙修長有力的手在自己面前敲打著字。

她能聞到他身上剛剛殘留的菸草味，還有晚上的酒精，夾雜地混合在呼吸裡，一點點送到溫妤的空氣中。

再被她呼吸進去。

溫妤覺得自己臉頰好像更熱了。

她老實地坐著，耳邊時不時落下蔣禹赫的聲音，解說著條約細款。

可她好像一句都沒聽進去。

能聽到的只有自己的心跳聲，或許也有他的。

晚風溫柔地吹進來，溫妤忽然覺得，這樣的瞬間就很好。

他和蔣禹赫共同看上的ＩＰ——《我愛上你的那個瞬間》

就如同現在的他們，溫暖的橘黃燈光下，這樣彼此都卸下偽裝，真誠依靠在一起的瞬間顯得格外珍惜。

「其實……」溫妤輕輕開口，「情人節那天你問我有沒有什麼是真的。」

蔣禹赫指尖一頓，很快又繼續若無其事地打字。

「除了沈銘嘉之外，我對著你的每一分鐘都是真的。」

溫妤說完，房間裡的寂靜彷彿被放大了幾倍似的，連呼吸的聲音都能聽到頻率。

她有些忐忑，也不知道自己為什麼要說這些，或許是這樣的夜晚，這樣的畫面，讓人更加感性，也更加願意面對內心。

不知過去多久，蔣禹赫才平靜回了句：「是嗎。」

「嗯，」溫妤轉了過來，斜坐在蔣禹赫腿上，專注地看著他的眼睛說：「那三個月裡，或許溫妤是狼狽的，但小魚是幸福的啊，因為你滿足了她對哥哥的所有幻想。」

風好像停止了流動，這一刻，某些碎裂的東西似乎在無形中悄悄復原。

「小魚是幸福的？」半晌，蔣禹赫笑了笑，有些嘲弄：「不忍辱負重了嗎。」

「……」這個梗過不去了是嗎。

溫妤有些鬱悶，「能不提這件事了嗎，我當時就是氣話啊。」

空氣靜默了片刻。

「可以。」蔣禹赫坐正，談判似的：「給我一個不提的理由。」

溫妤抿了抿唇，欲言又止地想說話，但不知又想到了什麼，忽然緊緊看著蔣禹赫，一動不動地看著。

好像卯著一股勁要做什麼大事似的。

蔣禹赫被她看得有些不自在，皺眉問：「你幹什麼。」

話音剛落，溫妤對著蔣禹赫的唇輕而快速地吻了一下，然後低頭小聲嗡嗡——

「現在可以收回那四個字了嗎。」

溫妤這個主動的吻太短暫了，短得就好像一粒細小的雪滴落在了蔣禹赫的唇上，還沒來得及回味，就頃刻被體溫融化不見。

蔣禹赫頓了三秒，聲音啞著問：「你剛剛在幹什麼。」

溫妤偷看他一眼，摸不清他這個反應是什麼意思，只能壯著膽子理直氣壯道：「幹嘛，你能強吻我，我不能強吻你啊。」

「……」

好一個強吻。

像被小貓爪子伸過來撩了一下又收回去，這樣的舉動對一個克制了三天的男人來說，宛如飲鴆止渴。

不僅沒用，反而瞬間把那把火燒得更旺。

蔣禹赫驀地把溫妤抬起坐在辦公桌上，面朝著自己。

雙手撐在溫妤兩側，身體微微下壓：「誰教你的。」

空氣好像瞬間被抽走，男人氣息拂過臉頰，溫妤有點緊張，呼吸微亂，但還是努力保持鎮定：「你啊。」

「我是這麼吻你的？」

「……」

那你那種我又確實不太會就是了。

溫妤被逼得一直往後仰，這時也終於後知後覺地有了一絲後悔。

她腦子短路了嗎，還真的信了尤昕的鬼話去強吻。

現在這形勢不在辦公桌上發生點什麼好像很難收場。

溫妤看了看四周，努力掌控局面，鎮定道：「我只是用行動證明我沒有忍辱負重，不信你看那邊。」

她手指著陽臺，蔣禹赫一時被引導，視線落過去，不過半秒，溫妤從他懷裡溜走。

她嗖地一下跑到門口，像贏了這場貓捉老鼠的遊戲似的，唇角抑制不住的得意：「那就祝哥哥明天一路平安，我們簽合約的時候再見呀，晚安。」

溫妤說完就去開門，誰知轉了半天門卻不動。

？？？鎖了？

她回頭去看蔣禹赫。

男人一臉平靜地站在剛剛的位置看著她，甚至眼裡還有幾分「你繼續跑，我等著」的味道。

溫妤心一沉，頓時猶如被困住的小獵物，剛剛的得意勁也沒了。

「不跑了嗎。」蔣禹赫不慌不忙，慢慢走了過來。

越靠越近，溫妤的心也越跳越快。

啊啊啊啊啊啊你別過來啊！

尤昕毒雞湯害我不淺！

就在感覺那片黑色身影就快要完全籠罩住自己時，外面響起了敲門聲。

「妤妤，在嗎。」

是溫清佑的聲音。

溫妤馬上貼著門叫：「在，來了，來了！」

然後提醒走近的蔣禹赫：「我哥。」

我親哥在呢，你最好收斂一點，有什麼坐下來好好聊一聊，不要動不動就鎖門。

——等會，你為什麼要把門鎖住？

溫妤這時才反應過來，這個男人是不是從一開始就居心不良？

蔣禹赫停在溫妤面前，沒說話，也沒有想要開門的意思。

故意似的，就那麼用眼神磨著溫妤。

兩人面對面的距離很近，溫妤被他身上的氣場壓著，大氣都不敢出一聲。

畢竟一門之隔就是溫清佑。

萬一蔣禹赫突然幹出點什麼事，她以後還怎麼直視外面的親哥哥。

「蔣總？」溫清佑這時又在外面敲了兩下門。

蔣禹赫卻好像沒聽到似的，雙手抄在口袋裡，一臉平靜，毫無反應。

溫妤感覺自己捅出了一個水深火熱的修羅場，雙面夾擊，無法收場。

閉著眼，她終於硬著頭皮退了一步：「今天比較匆忙，改天……改天我重新證明一下行嗎。」

安靜了幾秒，蔣禹赫扯了扯嘴角，似乎是笑了下。

這個笑溫妤覺得一點都不友好，笑得她背後涼涼的，有種自己把自己賣了的錯覺。

但眼下顧不上那麼多了，先把眼前的混過去再說。

還好，溫妤這個承諾似乎讓蔣禹赫順了意，他手輕輕搭在扶手上不知怎麼轉了兩圈，啪一聲，門開了。

溫妤也瞬間鬆了口氣。

溫清佑站在門外，溫妤慢吞吞走到親哥哥旁邊，心虛似的，撥了撥頭髮，「合約有點難寫。」

溫清佑掃了兩人一眼，「理解，妤妤剛入行，各方面都會比較生疏，蔣總可以給她一點時間，畢竟熟能生巧。」

溫妤本來是跟著點頭的，可當不小心對上蔣禹赫耐人的視線後才忽地反應過來——溫清佑這句話怎麼句句都有點在暗示自己，甚至還火上加油的意思呢？

什麼生疏，什麼熟能生巧？

怕蔣禹赫說出什麼不和諧的話，溫妤馬上把話頭接過來：「那個，不早了，不打擾你休息了，合約麻煩你寄到我信箱。」

然後拉著溫清佑轉身就走。

下電梯時，溫清佑問溫妤：「怎麼了，他看起來好像不太高興，是不是合約上有什麼爭議？」

剛從老虎嘴下跑開的溫妤臉頰一陣陣發熱，鎮定道：「沒有，我們聊得挺好的。」

不僅口頭上聊得很好，還充分利用了某些肢體上的語言，加深了本次會談的深度。

兩人走到停車場，坐到車上繫安全帶時，溫妤才發現溫清佑的襯衫有點凌亂。

她好奇：「你和蔣姐姐聊什麼了，怎麼衣服都聊亂了。」

「有嗎。」溫清佑不動聲色地撫平皺褶，「隨便聊聊而已。」

「……」

溫妤也沒往心裡去，她垂著頭，沉浸在自己和蔣禹赫剛剛的世界裡。

雖然很緊張，但想起那個主動的吻，唇角還是會不自覺地翹起來。

原來男人主動親吻女人，和女人去親吻男人，感覺是不一樣的。

溫妤現在的傾訴欲極其強烈，生平第一次主動去親了一個男人，個中滋味和驚險，她能說上一天一夜都不帶個停。

尤昕同學很幸運地成為了溫妤本輪的傾訴對象。

【真的?你認真的？我靠！！！！！！！娛樂圈最厲害的男人被你上了，你厲害！】

尤昕以一整個螢幕的驚嘆號表達了自己對溫妤的敬佩。

【什麼上不上的，說話能不能文明點，我只是很輕很輕地碰了他一下。】

【相信我，他會很重很重地把你碰回來的。】

發完尤昕還特地找來一個貼圖——【女人，你在玩火.jpg】

很重很重四個字讓溫妤嚴肅深思了幾秒，但很快又釋然。

管他的呢，今日事今日畢，反正現在她成功拿到了合約，和蔣禹赫也因此又綁到了一起，事業和感情都算雙豐收。

思及此，溫妤轉身看溫清佑，很驕傲地哼道：「我就說他會同意合作的吧。」

溫清佑嗯了聲，「我的確沒有想到。」

有些事的確出乎他意料之外，比如欺騙暴露後蔣禹赫對溫妤還能有這樣大的容忍和妥協。

更比如，蔣令薇的出現。

到這個時候，他似乎開始相信溫妤常說的那幾個字——冥冥之中。

命中註定。

頓了頓，溫清佑說：「我暫時不回美國了。」

溫妤愣住：「不是下個月走嗎？」

「有點事，我可能會考慮把那邊的工作暫時移到國內處理。」

「……」

第二天，蔣禹赫一行人按計劃離開了江城。

當天的娛樂新聞上，備受關注的熱門ＩＰ《我愛上你的那個瞬間》競拍方被媒體曝出。

溫妤這個名字以及Pisces娛樂也因此首次進入公眾視線。

「前華度集團大小姐」、「新晉美女投資人」、「資本圈的一股清流」這些標籤陸續貼在了溫妤頭上，與此同時，資本圈內也真真假假地流傳起了各種八卦——

【這個IP原本是亞盛要拿下的，亞盛很看重，蔣禹赫親自去了現場，但這位溫小姐偏偏叫價兩個回合把項目搶了。】

【聽說拍賣會都沒結束蔣禹赫就黑著臉帶著人退了場。】

【所以說拿到IP又有什麼用，還是太年輕，不懂圈內規則，這下得罪了大佬大概要涼了。】

【她公司規模不大，這麼大的IP拿著怎麼做啊？背後有財團扶持？】

【人家敢買就肯定有那個底氣做，我倒挺期待這位千金小姐露一手。】

雖然有許多質疑的聲音，但一夜之間，不可否認——資本圈都知道了溫妤這個新名字。

溫妤也因此真正感受到了創業的壓力和動力，感受到自己拿了多麼大的一個燙手山芋。第一次要全力以赴地去做一件事，全行都在關注她的舉動。

蔣禹赫離開後的第三天，就寄來了調整過後的合作合約給溫妤。

表面是合作，其實正如溫清佑所說，就是單方面扶貧。

蔣禹赫以私人名義投資三億五千萬，另外會給溫妤一個已經成熟的開發團隊，但團隊只負責配合執行，所有決策必須由溫妤本人決定。

換句話說，蔣禹赫給了溫妤棋盤和棋子，但每一步要怎麼走，能不能贏，全靠她自己。

看到合約末處，溫妤微微睜大了眼睛——四月二十日前Pisces娛樂的辦公地點必須遷址到京市？

這怎麼也寫到合約裡了？

哪有人合作還管人家在哪辦公的，還這麼急，今天都已經十五號了，趕著投胎嗎。

蔣禹赫也管太寬了吧。

溫妤當即撥了通電話給蔣禹赫，可通話剛響了一聲，一個想法忽然湧進大腦。

下意識的，溫妤馬上按了掛斷。

心撲通撲通跳，仔細回味了幾次，又看了一遍合約上的那行字。

……這哪裡是管得寬！

這明明就是哥哥火熱的心！

他一定是想見自己，又不好意思把話說得那麼直白，所以才口是心非，假公濟私借合約來滿足自己的欲望。

一定是這樣！

以為自己猜透了大佬真正目的的溫妤在座椅上歡快地轉了一個圈，唇角的笑容壓都壓不下來，以至於手機鈴聲再度響起的時候，她看都沒看就愉快地接了起來。

今天就算打來的是詐騙電話也要溫柔地對他問個好呢。

溫妤：「喂，你好呀。」

「……」一開口就給蔣禹赫嗲出了一身雞皮疙瘩。

電話那頭沒了聲音，溫妤覺得不對勁，移開手機看了眼，人頓時清醒坐正，聲音也正常回來。

「呃，是你啊。」

「不然你以為是誰。」

「……」

「找我什麼事。」

一副雲淡風輕談公事的態度。

唉呀，就——這男人好裝啊。

溫妤在心裡笑，嘴上卻裝作什麼都不知道的樣子，懵懵懂懂：「哥哥，合約我看了，可是要我馬上搬到京市是不是不太合適呀。」

「哪裡不合適。」

「……」

還嘴硬是吧。

「我在江城也可以辦公啊，大費周章搬到京市去肯定不太方便，我還得重新找辦公室，說不定還要重新裝修，還要……」

溫妤如數家珍地說著種種不方便，心裡卻有個聲音攔不住地想要往外竄。

說你想我！

快點！

你就是想我才要我搬過去的！

溫妤叨叨把所有理由都說了一遍後，期待地等著蔣禹赫的反應。

然而等了幾秒，男人淡淡開口——

「這一行大部分的資源和人脈都集中在京滬兩地，我拿三億五千萬給你不是鬧著玩，你需要接觸和熟悉的圈子在京市，不是江城，你對你現在要完成的項目涉及多少領域到底了不瞭解？」

溫妤：「……」

笑容頓時凝滯在臉上，一顆躁動的心也慢慢平靜了下來。

那些自己幻想出的小煙火也被蔣禹赫這番冷漠的公事化語氣逐一澆滅。

半晌，她輕輕噢了聲，「知道了。」

果然是無情的資本大佬罷了。

是自己自作多情了。

「那你忙吧，再見。」她喪氣地說。

正要掛斷通話，蔣禹赫又叫住了她——

「溫妤。」

溫妤已經移開的手機又靠回耳邊，「怎麼了？」

安靜了三秒，男人的聲音從話筒裡沉沉傳來——

「我不是他。」

「沒有遠距的習慣。」

第十四章　乖巧小貓的鋒利爪牙

溫妤很清楚，她和蔣禹赫之間有些感情在快速地變化著，雖然大家都沒有開口明言，但是——不想遠距還不能說明嗎？

總不能是他不想遠距拓展兄妹之情吧。

因著這一句話，溫妤心甘情願地接受了這個附加條約。當天便著手找仲介尋找合適的辦公地點，並讓周越幫忙安排已入職員工的去向。

溫妤先主動問了周越：「越哥，如果你不願意去，我不會勉強你。」

周越扶著眼鏡笑了笑：「如果公司需要我，我當然會跟著一起走。」

他這般誠懇忠心，反倒讓溫妤有些壓力。

其實上次回江城的時候，溫妤讓周越幫忙把自己的奢侈品包都賣了，然後按照溫易安過去給的薪資照常發薪水給他，已經是在暗示和他的不可能。

只是溫妤不知道這個男人到底明不明白。

「越哥，有你幫忙當然是好，但……」溫妤醞釀了措辭，決定還是把話敞開說：「我爸的那些想法，你不用當真。」

這便是挑明瞭乘龍快婿的不可能。

聞言，周越倒是很輕地笑了，「從你哥三年前開始支付我三十萬美金的年薪開始，我應該做什麼，不該做什麼，我很清楚。」

原來對方比自己還通透，溫妤頓時鬆了口氣，「那就好，謝謝你。」

公司搬遷的事就這樣定了下來，接下去就是要通知溫易安和溫清佑。

溫易安雖然不瞭解娛樂圈的規則，但做生意套路都是一樣的，他知道女兒傾盡全部買下了一部大ＩＰ，要去更大的城市也是正常的發展思路。

他告訴溫妤：「別擔心，我已經讓你柳叔叔打過電話給那位蔣總了，他的公司總部就在京市，你要是遇到難處可以打這通電話。」

說著，溫易安慈祥地拿出一張蔣禹赫的名片給溫妤。

溫妤：「……」

溫清佑：「……」

蔣禹赫私人投資的事溫易安並不知道，這種熱門專案有財團搶著投資是正常。

而蔣禹赫和溫妤千絲萬縷的複雜關係，他更是一點都不清楚。

但這些說來太長了，溫妤只好暫時把名片收下：「知道了。」

也許某天，和蔣禹赫能有幸修成正果了，她才有臉告訴溫易安自己曾經用三個月幹了多麼愚蠢的事吧。

溫清佑這時突然說：「爸，我會跟妤妤一起去京市。」

溫妤怔住：「啊？」

「她一個女孩子我不放心。」溫清佑這麼解釋。

當天晚上，溫妤才知道溫清佑的行動遠比自己想的要快。

甚至，快過了蔣禹赫。

「辦公室幫你選好了，直接入駐就好，我會在同一層樓辦公。」

「……？？？」

也就是說，蔣禹赫離開的這三天內，溫清佑就已經在著手回京市的計畫了。

溫妤覺得親哥這操作有些不對勁。

「你不是一向不看好我跟他的嗎，這次怎麼這麼積極？」

溫清佑看著手機，不知在跟誰傳訊息，傳完才放到一旁回溫妤：「獵物會跑，當然要追緊點。」

溫妤若有所思地理解著這句話，總覺得這話品起來怪怪的。

獵物？蔣禹赫嗎。

「你是叫我追緊他？」

溫清佑沒回答她這個問題，端起茶盞吹了兩口，說：「機票我訂了明天的，回去收拾一下。」

溫妤：「……」

溫清佑這番操作就快到離譜，溫妤被安排好了一切，只等明天空降京市。

雖然很突然，但一想到可以馬上再見到十二姨、何叔他們，溫妤還是很興奮。

當然，最興奮的，還是見最想見的那個人。

溫妤沒有告訴蔣禹赫自己隔日就能到京市這件事，因為提前告訴便失去了突然出現的意義。

她要給他一個驚喜。

航班是第二天下午一點的。溫妤特地在上午出去買了一些江城的特產，打算帶去給那位剛回來的蔣家奶奶做見面禮。

坐在候機廳裡的時候，溫妤想起了半年前同樣的時刻，同樣的心情。

那時她也是這樣坐在這裡，從江城出發，去京市拿那對袖釦，想給沈銘嘉一個驚喜。

卻沒想到驚喜最後成了噩夢。

溫妤搖了搖頭，試圖將沈銘嘉帶來的陰影搖出腦袋，她拿出手機，傳了一則訊息給蔣禹赫。

【哥哥在幹嘛呢？】

可等了好一會他都沒回。

不應該啊，今天是週末，他應該在家休假才對。

難道在加班？

溫妤便沒有再傳過去，剛好廣播通知登機，她便關了手機，安心等著到了京市再說。

飛機三小時後平安落地。

溫清佑不僅找好了辦公室，連住的地方也都安排妥當。

他租了一間一層一戶公寓，兄妹倆一人一個房間，放下行李休整片刻，溫妤便說：「我待會想去一下蔣家。」

溫清佑點點頭：「我也去。」

溫妤眨了眨眼：「你也去？」

「聽說他們家長輩回來了，我有必要帶你過去拜訪一下。」

這麼說好像也有道理。

溫妤便應了下來，帶上準備好的禮物，兩人直奔蔣家別墅。

去的路上，溫妤終於收到了蔣禹赫的回覆：【一直在忙，怎麼？】

好傢伙，我人都從江城到京市了，你才想起來回我。

溫妤雖然心裡嘀嘀咕咕的，但也知道蔣禹赫忙起來的時候六親不認，想著反正待會就能見面，也便沒往心裡去。

本都已經把手機放包包裡了，但過了幾分鐘，蔣禹赫竟然打來了電話。

「怎麼不回了？」

溫妤抿了抿唇，看著窗外離蔣家越來越近的路，心頭雀躍卻又強忍著不表露出來：「你不是說自己在忙嗎，我就不打擾你囉。」

蔣禹赫：「……」

這時電話那頭傳來旁人問詢的聲音：「蔣總，這幾間怎麼樣。」

蔣禹赫把手機移開了一會，不知跟對方說了什麼，而後才好像走到了安靜的地方，回溫妤：「你今天沒去上班？方案做了多少。」

又來了。

溫妤哼了聲，「今天週末放假，天氣好，我現在正在去喝下午茶的路上，晚上還要和小姐妹去Y三，說不定還能邂逅幾個帥哥哥。」

那頭靜默了會，「帥哥哥？」

微妙的尾音已經品出那份威脅感了。

溫妤聽著想笑，還是不怕死地說：「沒事，他們影響不了你的地位，你在我這暫時還是領銜第一的哥哥。」

蔣禹赫懶得理她調侃似的，問：「什麼時候回來。」

總算聽到一句正常的話。

溫妤握著手機，手裡繞著一撮頭髮，嘴角都快咧到耳後根了，還故作矜持：「合約不是寫四月二十號嘛，你急什麼。」

故意拿合約說事，蔣禹赫隔著螢幕輕笑一聲，便也順著接了她的話：「行，你記得最好，二十號還不過來我親自去江城。」

親自兩個字說得意味深長，好像溫妤不回來就準備了繩子要把人捆回來似的。

「知道啦。」溫妤問，「剛剛我聽到有人問你什麼幾間的，你在幹嘛呀？」

蔣禹赫：「你回來了再告訴你。」

呿，還玩起了神祕。

溫妤笑瞇瞇地：「好。」

反正用不了兩個小時我就知道了。

不急這一時。

掛了電話，溫妤轉過頭就看到溫清佑一臉複雜地看著她。

「幹嘛。」

「沒什麼。」溫清佑第一次看到親妹妹這樣跟一個男人發嗲，緩緩搓了搓手臂泛起的雞皮疙瘩：「他受得了你這樣說話？」

「……」

這說的是什麼話，一聽就是沒有談過戀愛的。

溫妤坐正，撩了撩頭髮，說教的語氣：「哥你有機會還是交個女朋友吧，看你單身得一點情趣都沒有。」

溫清佑一時語塞，欲言又止地看了妹妹一眼，也不知道該怎麼笑才夠禮貌又不失嘲諷。

闊別快兩個月，溫妤再一次站在蔣家門口，心裡的滋味百轉千迴。

但不管怎麼說，最壞的時候已經過去了。

至少現在再次站在這道大門前，她可以挺直腰，堂堂正正地走進去。

六點，屋內燈火明亮，平時正是準備晚餐的時候，是溫妤熟悉的感覺。

她抬手按了門鈴。

繫著圍裙的十二姨走出來看到門前的身影，微微一頓：「小魚？」

等確認過後便是一陣歡喜，「喲，真的是小魚回來了啊！」

正在看電視的蔣家奶奶付文清聞聲也轉過頭：「誰來了？」

十二姨忙把溫妤迎進來，「老夫人，這就是我跟你說的那位姑娘，之前在我們家住了三個月，少爺把她當妹妹那個！」

溫妤乖巧地遞上禮物：「奶奶好，我是溫妤，這是帶給您的一點禮物，希望您喜歡。」

付文清仔細打量，眼前的姑娘儀態大方，五官也生得明豔漂亮，眸光轉動時，眉眼間自有一股討人喜歡的靈氣。

她笑了笑，拍拍身邊的座位：「原來你就是小魚，來，快坐。」

跟在身後的溫清佑也簡單地做了自我介紹，「妹妹之前叨擾了三個月，我代表父母感謝您一家對她的照顧。」

雖是第一次見面，但老人家健談，寒暄片刻，氣氛便熱鬧了起來。

「留在這吃飯吧，禹赫應該快回來了。」付文清說著，轉過身，「十二，上去叫叫令薇。」

十二姨應了聲，剛要上樓，蔣令薇從樓下走下來，「叫我做什麼，吃飯了嗎。」

走至一半，不知是不是突然看到了坐在沙發上的溫清佑和溫妤，她腳下驀地一頓，神色也變了變：「魚魚？你們——」

溫妤站起來，笑吟吟道：「姐姐。」

溫清佑雖然沒有起身，但眼神卻不動聲色地給了過去。

樓梯到沙發之間，有無聲的情緒在暗湧。但除了當事人，旁人一概不知。

見蔣令薇站著不動，付文清催道：「杵在那幹嘛，下來，馬上要吃飯了。」

蔣令薇思緒回神，慢慢往下走，走到正廳卻突然調轉了方向：「我不在家吃，約了人。」

說著便快速走去玄關換了鞋，出門。

付文清欸了聲沒喊住人，回頭抱歉道：「我孫女就是這樣，性子自由慣了，別介意。」

溫妤當然不介意，「沒事。」

溫清佑也輕輕笑了笑，「不要緊。」

過了一分鐘左右，溫清佑看了眼手錶，起身道別：「我就不留下來吃飯了，辦公室那邊還有些事要處理，我下次再來拜訪。」

溫妤信以為真，「要我過去幫你嗎？」

溫清佑拍了拍她的肩：「不用，你聊你的。」

溫清佑和蔣令薇都走後，付文清想起了什麼似的，親切地問溫妤：「我孫子知道你來嗎？」

溫妤不好意思地搖了搖頭：「我沒告訴他。」

「我知道。」十二姨突然插嘴：「你想給少爺一個驚喜。」

十二姨還一臉認真地側身告訴老太太：「他們兩個感情可好了，比親的還親。」

「是嗎？」付文清樂呵呵地笑道，「我家禹赫對他姐都沒那麼多耐心呢。」

「……」溫妤尷尬地笑了笑。

付文清對十二姨說：「你打通電話給他，問問什麼時候回來。」

十二姨這通電話打得就非常上道了。

「少爺你在哪裡？什麼時候回來？不知道？那不行，家裡來了客人，你得回來看看……你別管是誰，反正老太太叫你回來的。」

溫妤第一次看到這麼會演的管家。

「怎麼樣？」掛電話後付文清問。

雖然十二姨積極地演了那麼多，但好像蔣禹赫並沒買帳。

「少爺說有事在忙，可能要八點回來了。」

「啊？」付文清愣了下，「那你就直接說是小魚來了嘛。」

「別，不用了，沒事。」溫妤拒絕道，「哥哥在忙我們別打擾他，我陪您看會電視吧。」

她要的就是他看到自己第一眼時的樣子，提前知道了還有什麼意思。

付文清滿意地點著頭，「怪不得十二總在我面前說你聽話懂事，真是比令薇乖多了。」

溫妤遙遙看了十二姨一眼，總覺得是自己上次臨走前送的香水發揮了功勞，要不然那麼高冷的十二姨怎麼會這麼頻頻誇自己。

六點四十五，家裡開飯，溫妤跟蔣家小孫女似的陪付文清吃了晚飯，老太太雖然年紀大了，但見識淵博，談吐優雅，幸好溫妤肚子裡也有點墨水，一頓飯下來，付文清對她更是喜歡。

家裡請了新的佣人，飯後收拾的時候，十二姨把溫妤叫到一旁：「我覺得你坐在這等沒新意，不夠驚喜。」

溫妤費解：「那我要去哪等？」

十二姨撇了撇唇，指著二樓臥室：「少爺的房間啊。」

溫妤：「……」

也是，蔣禹赫大部分時間回來都是從地下室直升二樓，她在客廳坐著也不能第一時間看到他。

可是跑去別人的臥室……

不太矜持吧。

十二姨看出了她的猶豫似的，推了她一把：「有啥不好意思的，你又不是沒進去過。」好傢伙。

溫妤覺得這次回來十二姨跟自己好像哥倆似的，關係更熱情了。

她偷偷問：「我送你的香水用了嗎？」

十二姨掩聲笑道：「上次我放假回老家吃侄子喜酒的時候用了，唉喲……」

十二姨臉紅了，「竟然還有個五十歲的男人和我要微信，害羞死了！」

溫妤：「……」哈哈哈哈。

「那你就多噴嘛，玫瑰本來就有吸引異性的功效。」

十二姨不好意思地說：「太昂貴了，我節約著用，馬上就是老太太七十歲生日，到時候家裡來賓多，我那時候再噴，也添添面子。」

「好，哈哈好。」

和十二姨聊完，溫妤還是去了蔣禹赫的臥室。

人家說得對，有什麼不好意思的，兩人一張床都睡過了，就不必扭捏這種小細節了。

房裡空曠又精簡，非常整潔，是這個男人慣有的風格了。

但地方雖然大，一眼看去卻沒有可以藏身的地方。

藏在衣帽間，自己可能悶死。

其他好像……只有落地窗的窗簾後可以藏人了。

溫妤看了眼手錶，七點半了，最多也就等半小時。

行吧，給人驚喜這種事，不就是要有所付出嗎。

站半小時而已，問題不大。

溫妤就這樣埋伏到了窗簾後，靜靜等起了蔣禹赫。

同時腦子裡幻想了下待會見面後的畫面——

「Surprise？」

「驚不驚喜？」

「有沒有感受到妹妹火熱的心？」

多感人的畫面。

蔣禹赫今天不給自己頒個中國好妹妹的獎都說不過去。

溫妤這邊剛躲進去沒一會，走道裡就傳來十二姨發信號暗示的聲音：「少爺回來啦？」

蔣禹赫好像沒給什麼反應，他開了門，十二姨緊跟著又咳了聲：「少爺請注意，房裡有驚喜。」

蔣禹赫正在打電話，他看到十二姨對自己說了什麼，卻沒聽清內容，只是隱約聽到了驚喜兩個字。

但他有些累，開門後掃了眼房裡，空空蕩蕩，什麼都沒有。

蔣禹赫不是那種喜歡熱鬧的性格，即便十二姨那麼說了，但他沒看到明顯的所謂的驚喜在哪裡，也沒那個興致去找。

他還在跟電話裡的人通話。

「嗯，盡快安排好。」

「最遲在十九號前。」

溫妤就在窗簾後，原本蔣禹赫一進來她就要跳出來嚇他一跳的，結果看到他在接電話，只好退回去等了等。

可等到房裡沒了聲音的時候，她想再探出來，卻發現——要命了，蔣禹赫在脫衣服像是準備去洗澡。

而且襯衫已經脫掉了，現在是一副瘦削有力的背在對著自己。

他在衣櫃前找衣服，每個動作變化時，肩胛處的肌肉線條會隨之起伏。

畫面還挺有衝擊力的。

看得溫妤吞了吞口水，臉紅心跳，不知所措，只能又躲了回去。

現在出來已經不合適了，待會洗完出來更不合適。

他一定會覺得自己是個什麼偷窺狂吧？

算了算了，還是等他去洗澡的時候悄悄溜下去在客廳正式見面好了。

溫妤打定主意，又退了回去，小心翼翼地躲在窗簾後。

她看到蔣禹赫拿起手機，不知道又要打電話給誰的樣子。

——他可真忙。

這樣的念頭才剛剛冒出來，溫妤口袋裡的手機響了。

就很絕。

清晰的鈴聲就這樣突然響在靜謐的臥室裡。

溫妤：「……」

竟然是打給自己的？？

……可她忘了關！靜！音！

溫妤頭皮發麻，手忙腳亂地把手機拿出來改成了靜音，同時在心裡祈求：沒聽到沒聽到！

可這是不可能的。

模糊的窗簾視線裡，溫妤看到蔣禹赫轉過了身。

視線直直看著自己躲的位置。

他一邊重新穿上已經脫掉的襯衫，一邊撈起床上的遙控器，按下其中一個鍵——

窗簾開始自動往兩邊散開。

溫妤：「……」

她跟著簾子小碎步移動，直到到了盡頭，沒了任何遮掩的站在落地窗角落。

兩人兩兩對望了幾秒。

蔣禹赫已經又穿上了襯衫，只是領口留了兩個沒扣。

現在好整以暇地看著自己，在等她開口。

溫妤張了張嘴，雖然已經尷尬到摳穿了牆角，但還是努力地按剛剛的流程走完：「Sur……prise？」

空氣安靜極了。

良久。

蔣禹赫才扯著唇笑了兩下，走到她面前，低眉看她：「怎麼，Y三的帥哥哥不好看，要躲到我這裡來看？」

溫妤本來還在想要怎麼解釋自己這個尷尬的行為，沒想到蔣禹赫都幫她想好臺階了。

她緊跟著點頭：「沒錯，那些哥哥品質太差了，不如你，還是哥哥你好看。」

說完還故作輕鬆地開起了玩笑：「就是沒想到哥哥還挺保守的。」

看到自己還害羞地把衣服穿起來了。

溫妤說完等了半天，發現這笑話似乎冷了場，她抬起頭，便看到蔣禹赫一臉耐人地望著她。

雖然沒說話，但眼裡的意味非常明顯。

好像在問她——

「你確定？要我不保守一點？」

溫妤馬上領悟了蔣禹赫這個眼神的意思，直擺手：「別誤會，我絕對沒有那個意思。」

接著誠懇來了一波奉承：「哥哥你這樣的就很好，非常棒，現在還守男德的男人不多了。」

「行了。」蔣禹赫都不知道她這些奇奇怪怪的話從哪學來的。

他在床邊坐下，又指著對面的沙發椅點了點：「坐好。」

溫妤很聽話地坐過去。

「一聲不吭就跑過來，幹什麼，給我驚喜？」

溫妤兩隻手絞著包包背帶，一副你明知故問的樣子：「不然真以為我跑來偷看你換衣服啊。」

真是的，現在的男人都非要人把話說個明明白白嗎？

就不能學會自己對號入座。

蔣禹赫雙肘撐在腿上，身體微微前傾，不急不緩道：「但我看你剛剛在簾子後面偷看得也很盡興。」

溫妤：「……」

「還滿意嗎。」

咳了聲，溫妤相當淡定地點了點頭：「還行。」

那實話實說，蔣禹赫身材的確還是很正的。

尤其是那塊緊致的背闊肌太讓人有安全感了，還有人魚線往下延伸的倒三角，透著隱祕的誘人和性感。

等一下。

我這是在饞哥哥的身子嗎？

我怎麼會有這種帶顏色的思想？

溫妤你髒了！

蔣禹赫就這麼看著溫妤在自己面前一會若有所思，一會滿臉嬌緋，一會又嚴肅端莊，表情變化一次比一次豐富。

他漫不經心地往後靠了靠，望著她：「你在想什麼？」

溫妤回神，抿了抿唇，冷不防的——

「想你啊。」

蔣禹赫：「……」

溫妤衝動說出口後其實有點後悔，覺得自己實在不夠矜持，但是比較了一下——「想你啊」和「想你的身子啊」比起來，前者瞬間就顯得清麗脫俗起來。

為了馬上替自己找回點面子，溫妤反問道：「難道這幾天你沒想我嗎。」

蔣禹赫還沒來得及開口，十二姨又出現了。

咚咚地敲門：「少爺，老夫人要小魚下去喝點東西。」

說完人就推門進來，手裡拿著一疊乾淨的衣服，站在門口：「我沒有打擾到你們驚喜吧！」

溫妤：「……」

我覺得你是故意進來打擾的。

見兩人好像都沒什麼意見，十二姨非常盡職地把衣服送進來：「少爺，這是你昨天換下的，已經全部乾洗清理好了。」

她轉身將襯衫一一掛至衣櫃裡，頓了頓，抽出其中一件，「少爺，不是我說你，你從江城回來穿的這件黑襯衫什麼時候才肯讓我洗？這件衣服是被財神爺穿過還是被菩薩開過光啊，這麼捨不得洗。」

蔣禹赫：「……」

溫妤：「？」

蔣禹赫迅速走過去把那件黑襯衫放回原位，然後睨了十二姨一眼：「我以前怎麼沒發現你表演欲這麼強。」

十二姨：「？」

「出去。」

十二姨委委屈屈地被趕了出去。

一室寂靜。

良久，溫妤咳了聲，壓著唇角的笑：「行了，剛剛那個問題不用回答了，我知道答案了。」

蔣禹赫卻絲毫沒有祕密被戳穿後的尷尬，面不改色道：「知道就好。」

說完便揚了揚下巴指樓下，「下去喝東西。」

溫妤翹著唇跟著起身：「噢。」

兩人就這樣一前一後下了樓。

應該是知道溫妤回來，十二姨特地煮了以前她喜歡吃的甜品，一家人坐在桌上聊著細碎小事，付文清忽然問：「小魚交男朋友了嗎。」

溫妤差點嗆住。

用紙擦了擦，「沒有。」

付文清看起來挺滿意的，「你禹赫哥哥也沒有談女朋友呢。」

溫妤臉莫名紅了，總感覺老太太這話有點什麼意思。

可下一秒，老太太忽然慈愛地看著她：「你要是身邊有適齡的姑娘，幫他介紹介紹？」

頓了頓，也關照蔣禹赫：「你也是，幫小魚物色著點，怎麼說你倆也誤打誤撞成了兄妹。」

溫妤：「……」

這走向讓人始料不及。

蔣禹赫倒是馬上淡淡地把話回了過去：「我們倆的事不用別人操心。」

溫妤怔了下，看著他。

……我們倆的事。

我們倆？

這三個字太意味深長了，好像已經單方面鎖定了自己和他的關係。

溫妤懂，付文清卻不懂。

她從字面意義上理解了蔣禹赫那句話，並沒有想太多，話題就這麼跳了過去。

溫妤也就這麼平靜地陪老人家聊起了別的，偶爾眼神不經意地和蔣禹赫的碰到一起，又迅速收回。

像偷情似的，表面雲淡風輕，實際內心瘋狂悸動。

這一刻，溫妤真實體會到了狗血劇《黃色生死戀》裡那對兄妹在面對家長時的情緒精髓。

欲罷不能，讓人著迷。

吃完甜品，蔣禹赫送溫妤回去。

「住在哪家飯店。」他上車後就問。

溫妤邊繫安全帶邊說：「沒住飯店，我住新月街觀南公寓。」

蔣禹赫動作一頓，皺眉：「怎麼會住在那？」

「我哥租的房子啊。」

「溫清佑也來了？」

「……怎麼了？」

蔣禹赫一聽這個名字就頭疼。

這位真哥哥每次出現就是跟自己搶溫妤，無一例外。

這次又是。

蔣禹赫眼眸明顯沉了幾分，沒再說話，開車朝觀南公寓開。

偏偏溫妤哪壺不開提哪壺，主動問起了下午電話裡的事。

「你不是說，等我回京市了就告訴我你下午在幹嘛嗎？」

剛好一個紅燈路口，蔣禹赫平靜地踩了剎車，停了幾秒，側眸看著溫妤：「我看房子。」

溫妤想起下午電話裡亂入的那句「蔣總你看這幾間怎麼樣」，驀地明白過來——

「噢，你要買房子啊？」

蔣禹赫：「買給你住的。」

溫妤：「……？」

幾乎是瞬間，金屋藏嬌四個字跳進了大腦。

怪不得剛剛蔣禹赫知道溫清佑幫自己租好了房子表情不好看。

原來親哥哥無意中破壞了假哥哥的計畫。

溫妤嗓子有點熱，「可是，為什麼要買房子給我住啊。」

「不完全是你住。」蔣禹赫頓了頓，淡淡道：「還有我。」

「……」

這次溫妤是真的驚呆了。

她怔怔地看著蔣禹赫，一臉的難以置信。

好傢伙，是真的要金屋藏魚嗎。

你還真敢承認啊。

「所以待會我會去跟你哥說這件事。」綠燈亮，蔣禹赫單手轉著方向盤，開出幾十公尺後，忽然發出不耐的感慨：「你為什麼會有個親哥哥。」

「……」

車開至觀南公寓樓下，冤家路窄似的，兩人剛好遇到了回來的溫清佑。

「這麼巧，送好好回來？」溫清佑溫和地打招呼。

蔣禹赫抬眼看了眼公寓大樓，淡淡地說：「溫妤二十三歲了，和一個二十九歲的哥哥住在一起是不是不太合適。」

溫妤：「……」

都是男人，溫清佑怎麼會不明白蔣禹赫的想法，他笑道：「那蔣總的意思？」

「我幫她單獨準備了一間房。」

「哦？」溫清佑笑意更深，「她一個人住嗎。」

片刻，蔣禹赫坦然道：「我會照顧她。」

京市的春天來得遲，四月的天了夜風還有些涼，吹得溫妤夾在兩個哥哥之間，渾身都感覺涼颼颼的。

溫清佑直接把溫妤拉到了自己身邊，輕淡笑道：「蔣總是成年男人，應該明白，和我妹妹未嫁未娶的情況下住在一起，似乎更不妥。」

溫妤聞到了莫名的火藥味。

她想說點什麼，但又不知道能說什麼，蔣禹赫強勢，親哥也絕不是什麼軟柿子。

還好這場談論很快便收了場。

蔣禹赫沒有再爭辯下去，他只是點了點頭，嘴角若有似無地輕扯了一下，「行。」

溫妤總覺得他這個「行」字是在說——你等著。

「回去早點睡。」

說完蔣禹赫便淡然回到車內，他臉上看不出什麼表情，引擎轟鳴，車窗升滿後，黑色車體迅速消失在夜色中。

溫妤看著車的背影，有些無奈地對溫清佑說：「你倆見面能不能別總是針鋒相對的，我很難做人。」

溫清佑：「你們關係都沒確定我就能讓你去跟他同居？」

「我知道。」溫妤閉了閉嘴往前走，「那也不准你欺負他。」

溫清佑：「……」

回到京市，溫妤雖然情感上有很大的原因是因為蔣禹赫，但自己的事業也絲毫沒有分心。

蔣禹赫分配給她的開發團隊很快就進入了公司，他們的執行能力強，做事速度快，而溫妤是新人，很多時候反而要從他們身上去學習、去進步，這就導致來到京市的第一個星期，她幾乎所有的時間都留在辦公室。

沒有逛過街，沒有吃過餐廳，更沒有泡過酒吧。

取而代之的，是啃文件、啃資料、吃外送、開會、見合作方。

也是這時，她才知道蔣禹赫給了她這麼一支優秀的隊伍對整個項目來說有多麼如虎添翼。

「溫總，鐘老師的編劇團隊剛剛打電話來說有事要推遲一個小時。」

說話的是蔣禹赫特派給溫妤的私人祕書，叫唐淮，業務能力強不說，還是個帥哥。

溫妤從滿桌資料裡抬起頭，看了眼手錶：「就是改到六點？」

唐淮說：「是。」

這個時間可真是不尷不尬的。

「行。」溫妤拿起桌上的水喝了一口，「你趕緊幫我點一份對面餐廳的工作餐。」

待會的會一開起碼是兩、三個小時，這時先提前把飯吃了，不然肯定熬不住。

二十分鐘後，速食送到，溫妤匆匆忙忙打開，卻發現今天的菜都涼了，飯也特別生硬，嚼在嘴裡乾巴巴的，難以下嚥。

溫妤強逼自己吃了幾口，五點五十，唐淮進來通知她：「鐘老師的團隊到了，在會議室。」

「好。」溫妤趕緊把飯盒放到一旁，拿出鏡子補了補妝，然後起身：「走吧。」

唐淮頷首跟在身後，在走出辦公室前回頭看了眼桌上只吃了幾口的飯。

再次從會議室出來的時候，已經是晚上九點半。

這場會面比自己預想的還久了半個小時。

溫妤托著沉沉的稿件回到辦公室，坐在座椅上的時候，感覺骨頭都要散了。

這群圈子裡的老前輩一個比一個厲害，她集中了全身的注意力去傾聽他們的術語和規則，說實話——太累了。

到這時她才知道以前蔣禹赫對自己的那些所謂的管教是多麼的鬆。

真正自己進了這個圈子，迎面而來的人心較量、利益權衡，每一次過招都讓溫妤精疲力盡。

她試著坐直繼續去看剛剛討論的重點，可看著看著，視線就變得模糊起來。

眼皮不聽使喚了似的要閉在一起。

溫妤慢慢趴到桌上，心想就瞇十分鐘，醒了還要對比分析一下這些日子接觸到的編劇團隊，要儘快選合作隊伍。

蔣禹赫就是在這時候過來的。

一連加了七天的班，每天就吃速食，今天甚至飯都沒吃幾口就去開會，他不得不過來抓溫妤去好好把飯吃了。

公司普通的員工剛剛都加班結束走了，唐淮把蔣禹赫帶到溫妤的辦公室前，敲了兩下門，裡面沒反應。

唐淮輕輕推開門，就看到溫妤趴在桌上睡著了。

蔣禹赫：「你先下班。」

唐淮：「是。」

輕輕關上門，蔣禹赫先打量了幾眼這個辦公室。

面積不大，但還算寬敞，溫妤一個人用足夠。

桌上到處是零零散散的文件，溫妤就這樣埋在這堆文件裡，肉眼看得出的疲憊。

其實她沒必要這麼辛苦的。

他有足夠的能力讓她隨心所欲地生活。

可蔣禹赫知道溫妤不甘只是個花瓶大小姐，尤其是破產後，那份急於證明自己的心更強烈。

她有時候看似天真嬌柔，但其實骨子裡是有韌性的。

比如當時那場大雨，敢就那麼站在自己面前賭。

蔣禹赫一直記得溫妤當時那個眼神，柔軟之餘，充滿不服輸的堅韌。

她的漂亮像極了玫瑰，嬌豔、誘惑，但又不是插在花瓶裡只有幾天生命力的那種。

而是生長在懸崖峭壁上的野玫瑰，聰明大膽，不乏智慧，會根據環境不斷變化適合自己的狀態，碰時會帶刺，卻讓他更有征服和佔有欲。

一想到這，看著趴在桌上的溫妤，蔣禹赫莫名彎了彎唇。

他走過去，脫了外套，輕輕披在溫妤身上。

卻沒想到弄醒了她。

溫妤朦朦朧朧睜開眼，看清是蔣禹赫，「你怎麼來了？」

「一個星期都找不到你的人，來看看你在忙什麼。」

溫妤撥一撥長髮坐正，「別裝了，我每天在幹什麼唐淮不都一五一十跟你報告嗎。」

蔣禹赫笑了下，沒否認。

他看著被溫妤壓在桌面的文件，在她身邊坐下問：「進展到哪了。」

溫妤揉著太陽穴，「剛剛跟鐘老師的團隊接觸了下，其實現在幾個團隊都是在糾結原著裡男二女二的感情線要怎麼處理，要不要重新改編，改編的話要怎麼發展。」

蔣禹赫：「嗯。」

溫妤知道他這個嗯就代表著要自己繼續說下去的意思。

反正她現在也的確挺想找個人聊聊的，便說：「我看了原著，能感受到大家糾結的原因，女二和男二是初戀，戀愛多年最後卻沒有修成正果，原著是開放式結局，看得我抓心撓肝的，現在大家看什麼不都求一個甜蜜嘛，而且真的——」

溫妤若有所思地撐著下巴，頓了頓，搖著頭，頗遺憾的語氣：「初戀沒有在一起，的確是有些意難平的。」

這段話說完許久，辦公室都是安靜的。

直到溫妤發現不對，轉身去看蔣禹赫，才發現男人靠在座椅上，一隻手輕擱桌面。

「是嗎。」

他淡淡看著她，片刻——

「有多意難平？」

溫妤一下就聽出蔣禹赫這話的不對勁。

她對作品人物的感慨，在這個男人眼裡，已經昇華為對自己初戀的感慨了。

「你又想哪裡去了。」溫妤下意識解釋道，「我不是那個意思。」

蔣禹赫卻問：「他是你的初戀？」

溫妤張了張嘴，潛意識想一口否決說不是，可事實上，沈銘嘉的確是她名義上的第一個男朋友。

也就是所謂的初戀。

蔣禹赫是知道的，要怎麼對他否認。

溫妤垂下頭，一時間感覺有很多話想說，但又不知從何說起，最後只能悶悶道：「是也不代表我對他意難平啊，那不可能。」

氣氛安靜了會，蔣禹赫沒再說話，慢慢移開視線。

是對沈銘嘉意難平也好，還是對人生中的初戀沒有得到圓滿的結局意難平也好，都與他這個後來者無關。

他無意去瞭解溫妤的過去，可每次不經意地提起時，那種黏附在心底的難以言說的情緒還是會無法自抑地湧出。

他承認自己還是會嫉妒，哪怕對方只是短暫地擁有了溫妤男朋友這個身分。

「事情做完沒有，」自知過多糾結沒有意義，蔣禹赫主動結束了話題，「做完去把飯吃了。」

溫妤也不想聊沈銘嘉，馬上把資料疊好放到一邊，「去哪吃？」

「你決定。」

兩人乘車來到一家通宵營業的餐廳，到停車場時，溫妤想起了什麼，先一步下車：「你先上去，我跟著再來。」

蔣禹赫看了眼手錶：「十點半了。」

「十點半不是更危險嗎，那些記者都是半夜出動的。」

「……」

為了證明自己的能力，也為了不想被別人說自己靠蔣禹赫，從接手這個ＩＰ的第一天開始溫妤就對蔣禹赫表過態——公共場合絕不同框，見面也要裝不認識，除非哪天自己做出成績了，才可以公開兩人認識的關係。

蔣禹赫比誰都知道娛樂圈的現實和殘酷，公司那些成名的女星，大多是靠自己的實力成名，但總會被有心人抹黑是陪自己睡而上位，這樣對女人的惡意在娛樂圈屢見不鮮。

如果被別人知道了溫妤和自己的關係，她對整個項目的付出一定也會被先入為主地否定。

因此，他選擇了尊重溫妤。

整個公司也下了禁令，不准在公開場合談及彼此過去的事。

雖然在那些員工的眼裡，辦公室娘娘早已是翻篇的往事。

兩人先後進了餐廳。

蔣禹赫開了包廂，溫妤是後到的，從大廳經過的時候無意中瞟到了一抹熟悉的身影。

她在走道站定，仔細看了看——還真的是蔣令薇。

蔣令薇和一個男人坐在靠窗的位置，應該是過來吃宵夜的。

溫妤想了想還是過去跟她打了個招呼，「嗨姐姐，這麼巧啊。」

蔣令薇抬頭，而後愣道，「魚魚？還真巧，一個人嗎，要坐下一起嗎？」

溫妤本想說蔣禹赫就在裡面，但話到嘴邊又心虛地咽了回去。

蔣家沒人知道她和蔣禹赫的特別關係，都當是誤打誤撞的兄妹倆，非常單純的普通關係。

深更半夜兩人偷偷來包廂吃宵夜，怎麼聽好像都有些不對勁。

溫妤只好抿抿唇：「不用了，我約了人，先走了姐姐。」

「行，去吧。」

溫妤走出兩步又回頭看了看，等進包廂後好奇地問蔣禹赫：「你沒看到你姐嗎，她和朋友在外面大廳呢，還是個男的。」

蔣禹赫難得笑了下。

溫妤：「你笑什麼？」

「這個時間單獨出來吃宵夜的異性，怎麼可能是什麼正經朋友。」

這話聽著好像沒什麼問題，可溫妤琢磨了會發現——

蔣禹赫這話不僅在暗示蔣令薇，好像也在暗示他們兩個人？

「你什麼意思呀。」溫妤眨了眨眼，「那我們也不正經嗎。」

蔣禹赫頓了頓，抬眸望她：「我們正經嗎。」

「……」溫妤被問得噎了回去，閉了閉嘴，「你自己不正經就行了，別拉我下水。」

她忽地高傲坐正，雙腿交疊放在一起，「我可是很正經的女人。」

蔣禹赫輕輕扯了扯唇，「嗯。」

安靜了幾秒——

「回來也一個星期了，你是不是忘記了什麼。」

溫妤有些懵：「沒有啊？」

「再想想。」

溫妤想不出來：「給點關鍵字提示一下行嗎？」

「確定要提示嗎。」蔣禹赫放下菜單看著她，「可能不太正經。」

「？」

「強吻。」

「……」

溫妤驀地想起在江城飯店寫合約那晚，自己那一個蜻蜓點水的「強吻」，以及對蔣禹赫許下的承諾——

「改天一定重新證明一次。」

當時是在兩個哥哥夾擊之下不得已說的這句話，怎麼這個男人還記著呢。

流氓吧？腦子裡就裝這些嗎。

溫妤嘀嘀咕咕，又不敢大聲反駁，「多小的事你還記著，格局就不能大一點嘛。」

「不能。」

「……」

溫妤感覺到男人的視線灼灼地看著自己，不要個答案不甘休似的。她幾乎把頭埋到了盤子裡，憋了好一會，不得不先使用拖延大法：「那，那等我忙過這段時間。」

蔣禹赫嗯了聲，慢條斯理回：「我沒什麼耐心的。」

言下之意好像在告訴她——你不主動證明，我可能就要被動和你要證明了。

那到時候要怎麼「證明」，就由不得她了。

溫妤被逼問到耳根都熱了一片，小雞啄米般狂點頭：「知道了知道了。」

吃完夜宵回到家已經是深夜快十二點，溫清佑正打算打電話給溫妤，人就回來了。

「怎麼這麼晚？」

溫妤也懶得撒謊：「跟他吃東西去了。」

溫清佑瞄她一眼。

兩手空空吃得飽飽地回來，真就親哥不如假哥。

他隨口調侃了句：「就沒想著幫我帶點回來？」

溫妤被這麼一提醒，驀地也有些愧疚，「也是哦，我都把你忘了。」

溫清佑：「……」

「不過你猜我們今天在餐廳見到誰了？」

溫清佑並不想猜，溫妤也沒想讓他猜，直接自問自答：「我遇到蔣姐姐了，她可能在談戀愛，和一個挺帥的男的在一起吃夜宵。」

溫清佑一頓，已經走出去的身體又轉了回來，本想說什麼，但開口之前又拿起茶几上一本雜誌，故作隨意道：「是嗎。」

「是啊，大半夜孤男寡女在一起吃東西肯定有情況嘛。」溫妤想到了自己和蔣禹赫，嘴角翹著，甜絲絲地自言自語，「一看就是情侶才會幹的事。」

沉浸在這種情緒裡的溫妤完全沒注意溫清佑的神情變化，直到雜誌啪的一聲被丟回茶几上，溫妤才愣了下察覺不對勁。

「怎麼了？」

溫清佑：「沒什麼。」

他摘下眼鏡擦了擦，「忽然有點不舒服。」

溫妤以為是親哥工作太忙的緣故，畢竟他把美國那邊公司一部分的業務挪到了國內，最近也在一個開展期，忙碌程度不亞於自己。

「那哥你趕緊去休息吧，放心，下次吃宵夜一定叫上你。」

溫清佑重新戴上眼鏡，頓了頓，對著空氣似笑非笑：「好啊。」

時間就這樣在忙碌中井然有序地度過。

《我愛上你的那個瞬間》是都市青春ＩＰ，溫妤想將它多元化的開發，先從影視、話劇和音樂三個方面同時推進。

在每天接觸不同的團隊後，她也逐漸習慣了娛樂圈的生態環境，本身的聰明和才氣被慢慢激發，從一開始的陌生到現在的得心應手，少不了背後日夜不息的努力。

度過最初的磨合期後，溫妤初步建立了電影的製作團隊。這天亦順應潮流地將導演、製片、發行等合作方聚在一起組了個局，算是讓大家熟識一下彼此，方便日後的合作。

原本唐淮是要陪著溫妤參加的，但家裡突然有急事，不得不暫時離開。

雖然說起來有些殘酷，但掌握娛樂圈規則玩法的終究還是男性居多，這個圈子裡有無數的骯髒面，所以蔣禹赫才會把唐淮放在溫妤身邊，時刻幫他盯著她的安全。

現在只剩周越陪在溫妤身邊，要應付的是一群娛樂圈的老油條，唐淮不放心，離開後打了電話給蔣禹赫。

彼時，蔣禹赫也正在一場飯局上。

在場的幾乎都是圈內大咖，京市衛視的台長、頂流人物、影片平臺的總裁等等，期間推杯換盞，眾人說著近期的圈中熱事，不知是誰就把話題提到了溫妤身上。

「聽說鐘平和陳有生都被她的團隊拉過去了，這女人還算有點本事，都知道鐘平出了名的難伺候。」

「就是不知道製作品質和水準，真要不錯我們倒是想拿個平臺獨家。」

「別說，前不久我還見了那位美女溫總，給我的第二印象就是的確有點東西，思路非常清晰。」

眾人一樂，「哪裡有開口就說第二印象的，第一印象呢？」

那人做了個回味的表情，好半天才感慨道：「人是真的漂亮，肚子裡有點文化的美女和那些花瓶的確不一樣，氣質上第一眼就贏了，更別說人家的身材也是實實在在地好，尤其是那腿——」

男人成堆的地方一旦討論起了女人，無論是否存有惡意，總歸是有幾分調侃戲謔的意味。眾人因為這番話而笑了起來。

唯獨蔣禹赫沒有反應，幾秒後，他把手中的酒杯不輕不重地放到了桌上。

杯底與桌面碰撞，聲音不算大，但足夠引起別人的注意。

笑聲倏地停下。

眾人察覺到了一股冷意，看向他。

有人小心翼翼問：「怎麼了蔣總，這酒不合意嗎？」

蔣禹赫冷眼看著那位說溫妤腿漂亮的男人，心裡已經有了一萬次想掀桌翻臉的衝動，但還是克制住了。

還好這時唐淮的電話打來，及時沖散了他心裡的煩躁。

聽完唐淮說的情況，蔣禹赫淡淡問：「在哪。」

「皇庭會所V三。」

蔣禹赫掛了電話。接著抿了杯中最後一點酒，什麼都沒說，起身道：「有事先走了，失陪。」

晚上九點，皇庭會所。

溫妤不是第一次應酬，只不過這次是自己帶頭主辦的局，同時面對十多人，難免會比之前的應酬要多費些心神。

畢竟自己是新人，在這些「大佬」、「前輩」面前還是秉持了一個謙虛尊敬的態度。

這其中尤以導演陳有生，溫妤最為尊敬。

除了因為他是難得的名導外，溫妤與他還有一個很特別的緣分。

半年前那場音樂會上，尤昕曾一身熱血地找他自薦。

結果半年後，溫妤竟然會與他一起合作拍電影。

時間果然像一個輪迴，大家都在故事的圈裡，以不同的方式相遇。

溫妤主動敬了陳有生的酒，有心想要引薦尤昕：「陳導，我有個朋友非常喜歡您的戲，她是一名很優秀的演員。」

陳有生也很給面子：「是嗎，那有機會可以認識認識。」

「好。」

眾人圍繞電影攀談，期間也不斷有人來敬溫妤的酒，但大家都點到即止，沒有玩強行灌酒的那一套。氣氛原本很和諧，直到一個男人拿著酒瓶站到溫妤面前：「溫總，聊一晚上了你都沒跟我們痛快乾一杯，是不是太不夠意思了。」

說話的是造型團隊的負責人，叫顧秦。

周越禮貌回應道：「顧先生，溫總不擅喝酒。」

顧秦擺了擺手，「哪能啊，在我們娛樂圈混沒有不會喝酒的，溫總不喝就是不給面子了，來。」

他拿空杯倒了滿滿一杯，自己一口飲盡：「我乾了，看你了溫總。」

這還是第一個出來為難溫妤的。

之所以說是為難，是因為溫妤知道，在這群男人的眼裡，在一個女人手下辦事，還是這麼一個年輕的女人，或多或少是有些輕視的。

但這些人精們很聰明，不會去主動挑明。倒是這位顧秦開了個頭，跳出來想給溫妤下馬威。

現場原本交談熱烈的氣氛悄悄降了些溫，大家面上似乎沒在意，但其實注意力都停在溫妤這裡。

想看看她會怎麼回應，怎麼解決顧秦的挑釁。

溫妤面不改色地笑了笑，「顧先生——」

她正欲說下去，包廂門忽然被推開。

有幾個人進來了。

大家的注意力瞬間又聚焦到了門口，等看清來的人後均是一愣，下意識都站了起來，畢恭畢敬道：「蔣總？」

「蔣總好。」

「蔣總好久不見！」

看著那道被簇擁走進來的挺拔身影，溫妤也愣在那。

他怎麼來了？

顧秦逼酒的事因為蔣禹赫的到來而暫時擱置，他悻悻地走回位置，原以為蔣禹赫是來找溫妤，卻沒想到他進來後直接與陳有生打起了招呼。

「我在隔壁聽說陳導在這裡，過來跟你喝一杯。」

顧秦眼神微妙地變了變，看看蔣禹赫，再看看溫妤，心裡不知在琢磨些什麼。

忽然口袋裡手機在震動，他拿出來看——

【給我他媽的好好灌一灌她。】

顧秦回過去：【蔣禹赫來了，你不是說他們掰了嗎。】

【當然，我親眼看著他們掰的！】

【……】

顧秦觀察包廂裡動態，蔣禹赫進來後的確沒有與溫妤有任何互動，倒是一直在和陳有生說話。

串局互相喝一杯在圈子裡是常事，遇上也不稀奇。

再看溫妤，低頭在看手機，是有那麼幾分老死不相往來見面也跟不認識一樣的意思。

好像，的確是和這位大佬掰了？

顧秦不確定，但他想試探試探。

那一頭，成功反客為主的蔣禹赫，完全把包廂裡的人都吸引了過去。

畢竟大佬難得現身，有些從沒機會見到他本人的，也趕緊抓住了機會在他面前露臉。

溫妤偷偷傳訊息給蔣禹赫：【你怎麼來了？】

蔣禹赫忙中偷閒回了三個字給她：【來看你。】

溫妤：「……」

還沒等她再回過去，顧秦又站到了面前。

「溫總，我們的酒還沒喝完呢。」他一臉熱情地說。

眾人的注意力又落了回來。

周越這時不知查到了什麼，靠在溫妤耳邊說了句話，溫妤眼裡閃過瞬間的異樣，但很快恢復如常。

「溫總不會是真不給我面子吧，那我可丟人了，」見溫妤不動，顧秦轉過去故作尷尬地起鬨，「我在圈子裡還是頭一回呢。」

有人輕輕地笑了出來，添了把柴，「那溫總就給個面子唄。」

周越想說什麼，被溫妤攔住。

她端起自己的杯子，一口喝完滿杯的酒，「面子我給了，可以了嗎？」

「好！」顧秦裝模作樣地鼓掌，緊接著又倒了一杯，「我再敬你一杯，這杯祝我們合作成功！」

說完又是仰頭一飲而盡，「換你了溫總！」

目睹這一切的蔣禹赫皺了皺眉，已經看得很明顯，溫妤在被這個男人故意灌酒。

他眼眸早已沉了下來，在溫妤喝下第一杯的時候就已經不悅，何況對方咄咄逼人又來了第二杯。

氣氛在顧秦的逼酒下變得有些微妙，沒人出來解圍，有些或許是不想多事，但有些就是在變相地想看溫妤的笑話。

蔣禹赫雖然私心不捨她這樣被刁難，但從現實來說，這又是溫妤必過的一關。

想要成為一名令別人信服的投資人，就必須要有能鎮得住場的能力。所以只要沒到非常過分的地步，蔣禹赫並不打算出面。

他遙遙看著溫妤，也想知道自己看上的女人會怎麼為自己解圍。

跟了他這麼久，總該有點自己的樣子才對。

顧秦見蔣禹赫對溫妤的困境毫無反應，甚至也在跟著看戲似的，更加肯定了兩人翻臉了的事。

「溫總，喝呀！」

周越這時站了出來：「這杯我幫溫總喝。」

還不等溫妤阻止，周越幫她喝了第二杯酒。

顧秦嘖了聲，「那怎麼行，我們這行沒有代喝的規矩啊。」

說著他又想往溫妤的杯子裡倒酒，可瓶口落下的瞬間，溫妤伸手蓋住了杯面。

「顧先生。」她微笑著，「你最好適可而止。」

這是拒絕不說，還帶了幾分威脅。

沒人想到溫妤會這麼說話，顧秦更是覺得被一個女人弄得失了幾分面子，「溫總怎麼回事，出來玩也不盡興。」

溫妤笑了笑，輕道：「我是出來跟你玩的嗎？」

話畢，她眼底僅剩的一點笑意也消失，聲音忽然便冷了下來，「我溫妤花錢請你過來做造型，是給你飯吃，你最好搞清楚自己的身分，搞清楚誰才是甲方。我是新人沒錯，尊重你們每一位前輩，但尊重不代表沒有原則，要是有誰覺得我給的這口飯不好吃，大可不必勉強合作。」

說完溫妤環視整個包廂：「我也很明確地告訴在座每一位老師，別跟我玩什麼故弄玄虛的下馬威，我不吃這一套，能合作就共贏，不能就走人。」

顧秦：「……」

眾人：「……」

蔣禹赫頓了兩秒，唇角忽然輕輕扯了扯，笑了。

他教出來的女人，果然發起脾氣來都有幾分自己的樣子。

溫妤說完便黑著臉起身離開：「各位繼續，我還有事走了。」

經過顧秦身邊時，她低諷道：「那麼喜歡幫別人出頭，怎麼，他養著你啊？」

顧秦臉一陣白：「……」

包廂門被拉開，帶起一陣風地又關上。

溫妤這番淩厲又不失氣勢的話完全把包廂裡一群男人怔住了，好一會，陳有生才跟蔣禹赫感慨道：「這位小溫總看起來是個能做事的。」

蔣禹赫在心底輕笑自嘲。

敢玩了自己三個月的女人，還有什麼事是不敢做的。

他低頭傳訊息給溫妤：【停車場等我。】

之後隨便說了幾句，也離開了包廂。

蔣禹赫到停車場的時候，溫妤和周越站在車旁不知在說些什麼，兩人站得很近。

看到他來了，周越點了點頭，自覺離開。

溫妤上了蔣禹赫的車。

車簾拉上，蔣禹赫看著她微紅的臉，問：「喝多了？」

溫妤搖搖頭，雖然的確有點暈，但分不清是剛剛那杯喝得太急還是被氣到了。

「那個顧秦就是故意的。」她說，「他是沈銘嘉的朋友，想幫他出口氣玩我？想得美！」

溫妤被氣得頭疼，一邊說一邊按太陽穴：「明天就去公司取消和他們團隊的合作，真把自己當回事了，誰才是資方啊？圈裡就他一家做造型的嗎？還是覺得我一個女的不敢跟他叫陣？」

溫妤暴躁得像一頭小獸，卻又讓蔣禹赫覺得有趣。他見過她很多個瞬間的樣子，漂亮的、溫柔的、嬌嗔的、做作的，唯獨沒有眼下這一種。

原來平日裡乖巧的小貓也會露出鋒利的尖牙。

這一行要的就是不怕剛的底氣和氣勢，只有自己足夠強大，別人才不會輕易冒犯。

蔣禹赫相信，至少剛剛那一刻開始，團隊那些老油條們應該不會再對溫妤有什麼非議了。

溫妤見蔣禹赫一直沒說話，轉過來看他：「你為什麼突然來了？」

蔣禹赫：「不是說了嗎，來看你。」

這短短一句話讓溫妤瞬間又變了個人似的，眨了眨眼，帶著一點撒嬌問：「看我什麼，擔心我被人欺負啊？」

她雙手撐著下巴，抵在中間的扶手上看蔣禹赫，腿也這樣傾斜地交疊靠過來。

溫妤今晚穿的是一條包臀的A字裙，現在半靠過來的姿勢有些挑逗。

下半身輕翹著，臀線圓潤柔軟，延伸至下的雙腿修長又緊致。

像一件張揚又隱祕的藝術品。

蔣禹赫想起飯局上那些人說的話，只覺得有什麼在心底無聲衝撞著。

他不動聲色地移開視線，看向窗外：「需要我擔心嗎，那個周越不是挺好，還會幫你擋酒。」

「……」

一股熟悉的味道又來了。

溫妤唉呀了聲笑了，「你幹嘛啊，人家幫我喝杯酒都不行嗎。」

「不行。」

笑著笑著，溫妤感覺眼前有點暈，頭也有點重。她仰到座背上閉目養神，又說：「不要那麼小氣，我把越哥當哥哥一樣，沒別的。」

「那你哥哥可真不少。」蔣禹赫聲音淡淡的，味道更不對了，「我，宋清佑，現在還多了個周越。」

溫妤彎著唇角，雖然有點睏了，但仍不忘回應蔣禹赫：「就算都叫哥哥，也是不一樣的。」

蔣禹赫眼底微動，頓了頓轉過來：「哪裡不一樣。」

安靜了幾秒，溫妤睜開眼，朦朧車廂光線下，她眼神有些迷離，似醉似醒地看著蔣禹赫。

接著忽然張開手：「哥哥，抱抱。」

蔣禹赫：「……」

前方一直在被迫聽著對話的老何聽到這裡，馬上俐落地按下收折中央扶手的按鈕。

緩緩地，隔開兩人的扶手被收起，彼此沒了任何阻礙。

不等蔣禹赫反應，微醺的溫妤直接靠過去依偎在他懷裡，半晌，輕輕說：「只有你可以抱我。」

〈中冊完〉

高寶書版集團
gobooks.com.tw

YH 089
綠茶要有綠茶的本事（中）

作　　者　蘇錢錢
責任編輯　陳柔含
封面設計　黃馨儀
內頁排版　賴姵均
企　　劃　何嘉雯

發 行 人　朱凱蕾
出　　版　英屬維京群島商高寶國際有限公司台灣分公司
　　　　　Global Group Holdings, Ltd.
地　　址　台北市內湖區洲子街88號3樓
網　　址　gobooks.com.tw
電　　話　(02) 27992788
電　　郵　readers@gobooks.com.tw（讀者服務部）
傳　　真　出版部(02) 27990909　行銷部 (02) 27993088
郵政劃撥　19394552
戶　　名　英屬維京群島商高寶國際有限公司台灣分公司
發　　行　英屬維京群島商高寶國際有限公司台灣分公司
初　　版　2022年7月

本著作物《綠茶要有綠茶的本事》，作者：蘇錢錢，由北京晉江原創網絡科技有限公司授權出版。

國家圖書館出版品預行編目(CIP)資料

綠茶要有綠茶的本事（中） / 蘇錢錢著. -- 臺北市
: 英屬維京群島商高寶國際有限公司臺灣分公司,
2022.07
　冊；　公分. --

ISBN 978-986-506-450-1(中冊：平裝).

857.7　　　　111008388